지하철에서 썼습니다

| 이현규 지음 |

nobook

'지하철에서 썼습니다' 입구

저는 고시 공부를 하다가 동갑 친구들에 비해 늦게 직장생활을 시작하였고 친구들 보다 늦었다는 중압감이 회사 다니는 내내 떠나질 않았습니다. 그래서 저는 좀 더 높은 고지를 향해서라면 망설임 없이 사표를 썼습니다. 그렇게 저의 가치를 좀 더 인정받고 쓰임 받는 곳을 향해 과감하게 이직을 하였습니다. 다행히 요즘 취업준비생들이 좋아하는 정부 산하 공공기관과 금융 공공기관 등을 마음먹은 대로 이직할 수 있었습니다.

정든 직장을 떠나 새로운 직장에서 일하는 것은 쉬운 일이 아니었습니다. 그래도 저는 더 높은 직위와 더 높은 연봉 등을 추구하면서 새로운 일과 새로운 가치를 찾아 기꺼이 사표를 썼습니다. 그렇게 다양한 회사에서 다양한 사람들과 다양한 일을 경험할 수 있었습니다. 최선을 다했고 성과를 내었고 회사에게나 저에게나 한 점 부끄러움은 없었습니다.

그러나 더 큰 무엇인가를 성취해 보고 싶다는 마음은 떠나지를 않았습니다. 매일 반복되는 안정적인 직장인의 일상이 저는 지루하고 참기가 어려웠습니다. 나이가 들면 들수록 더 큰 성취감을 맛보고 싶다는 욕심은 날로 커져 갔습니다. 그러면서도 계속해서 이직을 통해서 해결할 일은 아니라는 생각이 들었습니다.

그렇게 고민과 갈등으로 하루하루를 보내던 중 정말 믿고 의지했던 후배직원이 퇴사를 한다고 했습니다. 그것도 부서장인 저에 대한 불만이랄까요 그런 부담과 어려움을 참지 못하고 떠나는 것 같았습니다. 무엇인가 잘못되었다는 생각이 들었지만 돌이킬 수 없는 상황이 되었고 그 때부터 저는 글을 쓰기 시작했습니다.

지하철로 출퇴근하면서 여유가 생기는 대로 생각하고 생각을 정리하고 그것을 글로 표현하면서 마음을 추스르고자 노력했습니다. 그렇게 혼자만의 글을 쓰다가 저의 심정을 토로라도 하듯 지인들에게 제가 쓴 글들을 문자메세지로 보내기 시작했습니다. 그랬더니 지인들이 격하게 공감해 주었습니다. 이 반응들이 위로가 되고 힘이 되어 지하철 출퇴근 시간에 틈만 나면 글을 쓰고 문자메세지를 보내기 시작했습니다. 그렇게 8년여가 흘렀습니다. 글을 쓰면서 제 안의 문제점이 무엇인지 알게 되었고 주변의 소중한 것들도 보이기 시작했습니다.

그러던 중 지인분들이 제가 문자메세지로 보낸 글들을 모두 모아 책으로 만들었으면 좋겠다는 이야기들을 해주시길래 먼저 정말 세상 사람들에게 위로가 되는 글인지 알아 보고자 블로그를 만들어 글을 올리기 시작했습니다.

그리고 많은 분들이 제 글의 진정성에 공감해 주셨기에 용기를 얻어 책을 낼 생각을 하게 되었습니다.

저는 평범한 직장인인 저의 현실적인 글들이 많은 사람들, 특히 저와 같은 직장인 분들에게 위로가 되기를 바라고, 누구나 쉬운 글쓰기를 통해 많은 분들이 자기 자신의 문제를 들여다보고 스스로 치유와 힐링의 삶을 개척하시기를 바라며 제가 쓴 글들을 감히 세상에 내놓고자 합니다.

감사합니다.

2021년 12월 25일

이 현 규

목차

1호선

그냥 위로가 필요했을 뿐이야

그냥 위로가 필요했을 뿐이야

어제 밤
아이의 꿈과 진로에 대한
이야기를 하다가
아빠로서 도움이 될 만한
적절한 조언을 해주지 못한 채
아이보다 먼저 잠이 들었습니다.

정답도 없고 답도 없는 세상이기에
막상 어떤 말을 해주는 게
아이에게 진정 도움이 될 수 있을까
답답할 뿐이었습니다.

그런데 제가 잠들기 전
아이의 목소리가
들려 왔습니다.

"아빠! 아빠가 무슨 말 해주고 싶은지 나도 알아!
근데 난 그냥 위로가 필요했을 뿐이야!"

저보다 선배처럼 말하는 아이에게
미안해서 마음이 아팠습니다.

오늘 아침에는
아이와 아내의 어깨를
주물러 주고
웃으며
"파이팅!" 하고
출근했습니다.

오늘 퇴근했을 때
아이와 아내가
웃고 있었으면 좋겠습니다.

때로 아이에게 더 크게 배웁니다.
그러고 보니 저도 힘들 때 마다
그냥 위로가 필요할 뿐이었습니다.

나무

인간보다 수 백년 수 천년
먼저 태어났을 나무들이
인간들에게

땅을 내주고
강을 내주고
하늘도 내주고
그 틈 한쪽에
오늘도 나란히 서 있다.

꽃을 틔울 때도
나뭇잎 우거질 때도
단풍 들 때도
낙엽 떨구고
앙상한 가지만
남았을 때도
나무들은 서로의 공간을 침범했다고
다투지 않는다.

때로는 서로의 팔을 힘껏 뻗쳐 그늘 만들어
무더운 여름을 함께 지나고
때로는 아름다운 꽃과 열매로 얼싸안으며
세상에 뽐내기도 하고
때로는 뿌리로 서로를 감싸며
추운 겨울을 난다.

그리고 산소를 내뿜어 보이지 않는 사랑을
세상에 나누어 준다.

무엇보다도 나무는
생을 다하는 날까지
한결같이 그 자리를 지키고 서서
변함이 없다.

출장길에 차창 밖에 펼쳐진 나무들 풍경을 보았습니다.
늘 변함없이 한결같은 모습은
그 자체만으로도 빛이 납니다.
언제나 다짐하지만
한결같은 사람이 되어야겠습니다

붕어빵 판결문

법원 가는 길에
붕어빵 노점상 하나 있다.
우리가 붕어빵에 붕어가 없다고
말장난 할 때,

법원은 한 문장으로 하여 판결문을 써내려 간다.

“붕어빵이라 함은 통상의 지식을 가진 사람이 합리적으로 인식할 수 있는 사항을 기초로 판단하여 볼 때, 붕어를 원재료로 하여 만든 빵이라고 볼 것이므로 당해 붕어빵에는 붕어를 사용하지 않고 단순히 밀가루와 단팥만을 사용하여 제조하여 일반인들로 하여금 붕어를 재료로 한 빵으로 오인하게 할 소지가 상당하다 할 것이나, 붕어빵이라는 명칭에도 불구하고 붕어빵 장수가 같은 자리에서 붕어빵이라는 명칭을 내걸고 수 년 동안 장사를 해 온 점, 일반인들이 이러한 붕어빵이 붕어를 재료로 만든 빵이 아니라는 것을 알 수 있었음에도 꾸준히 구매해온 점 등을 미루어 짐작컨대 붕어빵이라는 명칭을 사용함으로써 일반인들의 상식에 혼돈을 줄 목적이나 국민들의 건강을 위해할 의도는 없었다고 볼 수 있을 것인 바, 붕어빵이라는 명칭은 사회 통념상 인정되는 것으로 보아 비록 원재료로 붕어를 사용하지 않았다고 하더라도 그 명칭을 사용하는 것을 인정하는 것이 위법하다거나 도의적 책임을 회피하는 것으로 볼 수 없다 할 것이다”

마침표가 어디에 찍혔는지
숨쉬기조차 힘든 문장과
세상 모든 지식을 검토한 듯
근엄한 척 하지 않아도 된다.

이 한 문장이면 된다.

“붕어빵은 맛 있다”

붕어빵에 붕어는 없지만
그 모양만으로도 우리는
붕어빵이라고 부르고 맛있게 먹습니다.
다소 부족한 삶일지라도
즐거움을 찾아야겠습니다.

신사동

강남구 신사동은
내 젊은 날
꿈의 흔적이 남아있는 곳이다.

꿈을 이루기 위해
내 젊음을 조금 떼어 바쳤던 그 곳

그래서 나는 가끔
무턱대고 신사동에 간다.

오늘도 퇴근길
아무것도 일어나지 않은 감사한 일상에
너무나 감사한 나머지
옆길로 샜다.

신사동이다.

이 곳에 오면 언제나 설렌다.
그 때의 꿈들이 되살아나 꿈틀댄다.

제대한지 얼마 안 된 내가
굳이 신사동을 택한 것은
알바비를 다른 지역보다 더 받을 수 있어서였다.

외롭고 외로웠지만
꿈이 있었기에
목표가 있었기에
개의치 않았다.

그 때의 다른 사람들과 다른 사람들이
그 때의 나와 다른 나와 함께
그 때의 풍경과 다른 풍경 속을 걷는다.

그 때의 내 꿈과
다른 내 꿈이 만나
어깨동무를 한다.

그 때나 지금이나 신사동은 먹고 마시는
사람들로 북적입니다.
그리고 저들과 다른 곳 어딘가에
그 날의 저와 닮은 어떤 젊음이
그 때의 저처럼 꿈을 꾸며
오늘을 버티고 있겠지요.
그들을 응원합니다!

중독

퇴근길 북새통
지하철
뻥 뚫린 공간이
어둠 속 한 줄기 찬란한 빛처럼
펼쳐졌다.

아무도 앉지 않는 빈 자리..
이상하다.
그리고
잠시 후

"좋을 때 사랑이 사랑이냐!
어려울 때 사랑이 진짜 사랑이지!
그걸 왜 몰라.."
어쩌구저쩌구..

빈 자리 옆
50대로 보이는 노숙자 아주머니가
무슨 상처 때문인지
쉴새없이
중얼중얼 거린다.

맞는 말이면서 같은 말을 반복해서
계속 들으니까
중
독
된다.

그래,
진짜 사랑을 하자.

노숙자 아주머니의 상처는 어려울 때
진정한 사랑을 받지못한
아픔 때문이 아니었을까요?
진정한 사랑은 변함없이 한결같은 사랑임을
다시 한번 깨닫습니다.

깔창

가냘픈 몸으로 세상 가장 낮은 곳에서
온 몸으로 떠받쳐야하는 당신에게

세상 밖으로 나와 본 적 없지만
세상 모든 것을 경험하는 당신에게

아무도 볼 수 없는 곳에서 누구도
기억해 주지 않는 당신에게

오늘은 안부인사를 건넵니다.
당신이 있어서 세상이 움직입니다.

새벽 어둠 속에 아파트 주변을 순찰하는
경비아저씨를 보았습니다.
거리를 쓸고 있는 환경미화원 아저씨도 보았습니다.
세상을 움직이는 것은 권력이 아니었습니다.

말과 글

우리가 의사표현을 할 수 있는
대표적인 방법은 말과 글이다.

굳이 이 둘을 비교하자면
말은 대체로 하기 쉽지만
글은 대체로 쓰기 어렵다.

그래서 말을 하고 나면
왜 더 잘 말하지 못했을까
대부분 아쉬움이 남는다.
글도 쓰고 나면 아쉬움이 남지만
말보다는 형편이 좀 낫다.

말은 입을 여는 순간 상대방에게 도달되지만
글은 상대방에게 보내기 전까지
정확한 의사전달을 위해
고칠 수 있는 기회가 그나마 있기 때문이다.

그래서일까.

나는 말하는것을

조금 더 두려워하는 편이며

글쓰는 것을

조금 더 편하게 생각하는 편이다.

그리고 내가 가장 어렵게 생각하는 것은

행동하는 것이다.

행동하는 순간

돌이킬 수 없는 상황이

되어버리기 때문이다.

그러나 행동하지 않으면

살아갈 수 없다.

가끔 말을 하거나 글을 쓸 때마다 두려움을 느낍니다.
행동하지 않는 말과 글이 되어버릴까봐..
말 하는대로, 글 쓰는대로 모두 행동으로 옮길 수 없지만
노력은 해야합니다.
그것이 나의 말과 글에 대한 예의라고 생각합니다.

촌놈과 우산

그가 시골 촌놈에서
서울 깍쟁이로 변해가는 동안
막걸리 같았던 세상도
온통 양주같은 세상이 되어 있었다.

그가 태어날 때부터
비는 내리는 것이었을테고
이따금씩 우박이 되기도 하고
한동안은 눈이 되기도 하였지만
비는 언제나 위에서 아래로
내리는 것을 멈추지 않았다.

그가 우산이란 것을 알았을 때부터
우산은 비를 피하게 해주었을테고
양주같이 독한 세상 왔어도
우산은 스마트폰처럼
변하지 않고 그의 곁에 그대로 있어 주었다.
큰 산이 되고 싶었던
촌놈은 깍쟁이가 되고서야 알았다.

독한 세상 내려다보며
으스대는 큰 산 보다는
누군가를 위해 작은 몸 일으켜
세상 떠받치는 우산처럼
살아야 한다는 것을

비는 한결같이 위에서 아래로 내려도
많은 것들은 변했고
그래도 우산은 옛모습 그대로입니다.
나의 꿈이 나만을 위한 욕심이었던 것 같아
이제라도 우산같은 꿈꾸며
살아야하지 않나 생각해 봅니다.

광고학개론

내가 디스플레이 전문가라면
쇼윈도우나 의류매장에서 멋지게 옷을 입고 있는
대체로 비현실적인 몸매의 마네킹은 만들지 않을 것이다.

극소수가 가지고 있는 황금비율 몸매보다 더
환상적인 마네킹이 입은 옷을 보고
우리는 나도 저렇게 될 수 있을 것 같은
상상의 날개를 편다.

이것을 두 자로 해서
우리는
착
각
이라고 정의한다.

이제, 대부분의 우리들과 흡사한
마네킹이 매장의 새 옷을 입고
디스플레이 되어 있다고 생각해 보자.

처음엔 우리와 같은 모습에 많이 당황하겠지만

이내 우리는

가장 현명한 선택을 하게 될 것이고 그 매장을

또 찾게 될지도 모른다.

이것을 두 자로 해서

우리는

신

뢰

라고 정의한다.

우리에게 멋지게 보여지는 것들의 대부분은
어쩌면 비현실적인 디스플레이 때문일 수 있습니다.
거품을 제거하고 현실을 바로 볼 수 있을 때
착각을 걷어내고 신뢰할 수 있는 삶을
살 수 있지않나 생각합니다.
예측가능한 신뢰할 수 있는 삶을 생각합니다.

2호선

원단이 좋을수록 많이 구겨진다

다림질

야근을 마치고 늦은 밤
베란다에 널린 구겨진 와이셔츠들을 보고
무슨 생각인지
10여년만에 다림질을 해 본다.

군 복무 시절과 총각 때 이후
다림질은 참 오랜만이다.

원단이 좋은 것일수록
아주 많이 구겨졌구나.
많이 구겨졌지만
다림질도 훨씬 잘 되고
쫙쫙 펴지니 다림질한 보람이
한결 더 느껴지는구나.

언젠가 내가 퇴직을 하게 되면
세탁소를 해보고 싶다고
생각한 적이 있다.

내가 생각한 장면은 이런 것이었다.

나는 세탁소에서
손님이 맡긴 옷을 다리고 있고
창 밖에는 눈이 펄펄 날리거나
비가 주르르륵 내리고 있다.
나는 다림질을 하며
이따금씩 그런 창밖을 바라보고,
내 등 뒤에서는 쉬는 시간에 마실
차 한잔을 위해
연탄 난로 위 조그만 물주전자가
푸푸 수증기를 뿜어내는 장면...
한낱 꿈일지도 모른다..

다림질을 하며
이런 생각들에 빠져 있는 순간
아차차 조심해야지
옷 탈라.. 손 데일라..

다림질을 끝낸
다리미를 식히면서
다시 생각났다.

원단이 좋을수록
많이 구겨진다…
많이 구겨진만큼
잘 펴진다…

오늘 서울 밤하늘엔
달빛, 별빛 함께 빛나는 것을..

다행히 볼 수 있었다.

구겨진 와이셔츠 보다 마음이 더 중요하니
구겨짐 정도는 괜찮다고 생각하고 살았습니다.
그러나 그것은 게으른 것일뿐이라는 것을 깨닫습니다.
그리고 구겨지지 않는 셔츠보다는 잘 구겨지는
셔츠가 더 좋은 원단이라는 것도..
그래서 많이 구겨졌지만 어쩌면 좋은 원단일지 모를
나를 위하여!

행복

맘껏 자고 일어나
쏟아지는 새벽 해
사각사각 입속을 녹이는
아침 맛
스킨을 바르지 않아도
싱그러운 사람 향
손에 잡히는 대로
차려입어도 나는 멋

세상 끝까지라도
달려서 해 보고 싶은 일
적으면 적게 많으면
많게 잘 썼노라 쓰고 싶은 돈
오랜만이라도 허물없이
만날 수 있는 벗
텅 빈 마음 채워 줄 수 있는
한 잔 술

집으로 돌아가는 길
한 아름의 꽃
된장찌개를 끓이며
기다리는 님
숨바꼭질을 준비하는
어여쁜 딸
가족들과 함께하는
즐거운 밤

창 밖에 빛나는 별
어둠을 지켜주는 달
단칸방이라도 달콤한 잠
그렇게 해서
빠져드는 행복한 꿈

오늘도 하루를 시작합니다.
행복은 언제나 마음 속에 있습니다.

명함

어제 내 명함에 휴대폰번호가 없다며 알려달라는
한 통의 전화가 회사로 걸려 왔다.

나는 명함을 만들 때
한글 쪽에 휴대폰 번호를 넣지 않는다.
대신 뒷면 영문 쪽에 휴대폰 번호를 넣어둔다.
그리고 명함을 건네며 필요한 사람에게
휴대폰 번호는
뒷면 영문 쪽에 나와 있다고 말해준다.

그렇게 명함을 건네다 보니
사람이 좀 파악된다.

명함을 받자마자
내 휴대폰 번호가 없다고 바로 묻는 사람,
열정적이고 상대방에 대해
무척 관심이 많은 사람이거나
영업직이 대부분이다.

그런가하면

헤어지고 나서 느닷없이

휴대폰 번호로 전화가 오는 사람이 있다.

꼼꼼하고 주의깊은 사람이다.

내 명함을 앞뒤로 훑어보고

뒷면의 휴대폰 번호를 찾아 전화를 했으니..

이 사람 역시

상대방에 관심이 있거나

대체로 공무원과 같은

행정 계통의 사람들이다.

그리고 항상 회사전화로 전화를 하다가 슬며시

명함에 휴대폰 번호가 없던데

번호 좀 알려달라는 사람이 있다.

상대방에 별 관심이 없는 사람이거나

필요할 때만 연락이 오는 사람이다.

그냥 오다가다 만난 사람들이 대부분 이 부류다.

세상은 다양한 사람이 있습니다.

저도 그 다양한 사람 중 한 사람..

좋은 사람으로 기억되기 위해서는 노력이 필요합니다.

세상에 공짜는 없으니까요!

스마트폰

무엇이든 할 수 있다
손끝에서 펼쳐지는 신세계

무엇이든 가둘 수 있다
세상에서 제일 작은 감옥

종종 신세계를 벗어던지고
아날로그가 되어 봅시다.
혹시 압니까?
그대를 만나기 전 그 날 같은 설레임이
우리의 심장을 뛰게 할지.

빵을 밟다

영등포구청역에서 에스컬레이터를 타고
내려서 빵집 앞을 지나
2호선으로 갈아타는 도중에
왼쪽 발로 누군가 떨어뜨린
빵 한 조각을 밟았다.

빨리 갈아탈 생각에
빵을 밟은지도 몰랐다가
환승할 지하철이 금방 가버린 것을 알았을 때
왼쪽 발바닥이 찝찝하다는걸 느꼈다.

바닥에 문질러 보았으나
안 떨어진다.
일단 똥 밟은 것 보다
껌 밟은 것 보다
다행이다고 위로한다.

그리고 지하철을 내리면
바로 가로수 밑에 떨어진 나뭇가지를 찾아

떼어낼 궁리를 한다.

다음부터는 서두르지 말고

옆도 보고
아래도 보고
이따금씩은
뒤도 보면서
걸어야겠다.

원치 않는 일이 벌어지는 것은
참 찝찝합니다.
내 뜻이든 아니든 해결은 내 몫이니까요.
결국 내 인생이니까요.

평행선

이대로 평행선이 될 수는 없다.

처음 설레임 그대로
한 점이 되기를 바랐건만

수많은 순간들이 만나
왜 하필 평행선이
되었는지 나는 모른다.

다만
그 사이
침묵이 있었고
시간이 흘렀다.

그리고
알 수 없는 길로
치닫는 평행선

세상 끝 보다
조금이라도 가까운 곳에서
한 점으로 다시 만날 수 있다면
오늘 아프지 않을까.

평행선은 굳은 의지인양 쭉 뻗어 있지만
관계 속에서는 그저 무관심일 뿐인 것입니다.
꾸불꾸불하면 어때요.
세상 속 부대끼며 사는 게
인생인걸요.

지하철 할머니

영등포구청역 환승을 하기 위해 에스컬레이터를 탔는데
앞에 서 있는 할머니가 에스컬레이터를 걸어서
앞질러가는 사람들 뒤통수에 대고
험담을 하시는 것 같았다.

자세히 들어보니
"어차피 걸어 갈거면 계단을 이용하면
고장도 안나고 위험하지도 않고 좀 좋아!"

이렇게 명쾌할 수가!

팔순 정도는 되어 보이는
할머니 말씀에
일요일 오후 정신이
바짝 든다.

진리는 언제나 우리들 생활 속에,
우리들 가장 가까운 곳에 있습니다.

공중전화

개나리꽃길 따라 걷다가
벚꽃 나무 아래
공중전화 앞에서
발걸음 멈춘다.

지난 시절
삐삐 호출기에
누군가 남긴 음성을
확인하려고
긴 줄 기다리던
공중전화는 설레임이었다.

훈련소 위병초소에서
가끔 눈에 띄었지만
바라 보아야만 했던
공중전화는 그리움이었다.

눈 내린 겨울밤을
슬리퍼 하나 달랑 신고

달이 해가 될 때까지
몇 장의 전화카드를
바꿔가며 통화했던
공중전화는 사랑이었다.

그러나
24시간 몸에 끼고사는
스마트폰에서는
뭉클한 그 무엇을
느끼기 어렵다.

빅데이터를 담고 있지만
텅 빈 공중전화박스처럼
내 마음도 텅 비게 할 뿐

그럴리 없겠지만
공중전화박스가
다시 붐비는 날이
올 수 있을까.

이 어리석은 질문을
알파고에게 물어봐야 하나.

다시 개나리꽃길을
따라 걷는다.

봄이 오면 오는대로
한결같이 꽃 피는
이 계절이 참 좋다.

화창한 출근길입니다.
선거운동원들이 명함을 나눠 줄 때
저는 꼭 받아서 읽어봅니다.
그리고 한결같은 사람을 뽑겠다고 생각합니다.
한결같은 사람이 되어야겠습니다.

LED등을 달고

추적추적 빗방울
우산 너머 어깨 위 적시며
퇴근하던 날

깜박깜박 밤이
깜깜하게 형광등 불빛 감춘 거실까지
더듬더듬 걸어가던 기억

LED등을 달아보자
주말이 되어서야
뚝딱뚝딱
다양한 형광스티커도 붙여보자.

우리집 천장에
보고싶을 때 내 맘대로 볼 수 있는
해님 달님 별님
모두 모두 떴다 졌다
눈이 부시도록
빛나는

불
빛

사라지지 말라고
불을 켜둔채
그대로 잠이 든

나
는
누
구
일
까

수명이 다한 형광등을 led등으로 바꿉니다.
용도가 다하면 시간 속으로 사라지고
잊혀지는 법..
오늘도 작은 불빛이라도 꺼추지 않기 위해
세상과 살바 싸움을 합니다.
배지기 한 판이면 끝나는 게임일 수도 있지만
파이팅입니다.

수학

1초에 2미터를 가는 거북보다
1초에 3미터 더 많이 가는 토끼가
토끼보다 120미터 앞에서 출발한 거북과 만나는
시간과 지점은 어떻게 되는가.

왜 18 나누기 2 는 9인지 두 가지로 설명해 보아라.

이것이 요즘 초등학교 저학년 수학문제랍니다.
사고력 수학이라고 하더라고요.

이런 걸 잘 하면 우리 아이들이 더 행복해질 수 있을까요.
거짓말하지 않는 수학처럼만 세상이 돌아간다면
얼마나 좋을까요.

세상은 요지경인데
어른들이 저런걸 공부하라고 하고 있어서
아이에게 많이 미안했습니다.
그래도 우리에게 희망은
우리 아이들뿐이라고 굳게 믿기에
어른들처럼 살지 않기 위해
공부해 보라고 해 봅니다.

3호선

다시 태어나도
지워지지 않을 것입니다

사랑

남편과 아빠가
회사에 가고 없는 동안
아내와 아이는 어떤 생각을 할까요.

동네 슈퍼로
문구점으로
집 앞 놀이터로
아이와 아내가 외출 나간 사이
혼자 집에 들어 와서야 알았습니다.

바닷가 모래 위에
연인들이나 새기는 줄 알았던 글씨가
우리집 거실 바닥에
커다랗게 그려져 있는 것을

세탁을 막 끝낸
남편의 양말이 하트 모양이 되고
축축히 젖은 아빠의 양말이
사랑이라는 단어가 될 수 있다는 것을

파도가 밀려와
모래 위에 새긴 글씨를
지워버리듯
양말이 마르고 나면
정리를 해야겠지만

마음 속 깊이 새겨진 두 글자는
다시 태어나도 지워지지 않을 것입니다.

글로는 종종 써 봤던 단어, 사랑!
이 아름다운 단어를 뭉클하게 느끼고도
말로 하려면 아직도 쑥스럽습니다.

사랑합니다!

분리수거하는 날

요리도 잘 못 하고
빨래도 잘 못 하는
남편이

기다리는 시간이 있다.

영어도 잘 못 가르치고
수학도 잘 못 가르치는
아빠가

기다리는 시간이 있다.

월요일 서둘러 퇴근하는 것도
이 때문이다.

한 주 동안 쌓인 쓰레기를
분리배출하고 나면
휴~
잘할 수 있는 것이

한 가지라도 있어 다행이다.

밤하늘 한 번 길게 올려다보고

“내 마음부터 분리수거해야 할 텐데”

생각하는 사이로

김포공항 오가는
비행기 불빛이 별빛 대신 반짝인다.

아무리 사소한 일이라도 잘 할 수 있는 일이 있다면
거기서부터 행복을 준비할 수 있습니다.
행복은 작고 사소한 것에서 시작됩니다.

엄마

무릎도 아프고
허리도 아프신
일흔 살 엄마가
매년 직장에서
종합건강검진 받는
마흔 살 아들에게
오늘도 날씨가 춥다고
동이 트기도 전에
전화를 하신다.

옷 따뜻하게 입어라
내복 입고 마스크 해라
모자 쓰고 장갑 껴라
감기 조심해라
똑같은 얘기를 하고 또 하기를
한참이 지나도 전화는 끝날 줄 모르고

시골에 사시는
일흔 살 엄마는

서울에 사는
마흔 살 아들에게
오늘도 택배를 보내신다.

무, 파, 당근, 생선, 사과,
약, 뻥튀기, 과자, 빵,
떡, 기름, 장난감, 쌀..

터질듯한 택배상자에서는
생각하지도 못했던 선물들이 마술처럼
쏟아져 나오고
비닐봉지마다 쓰여 있는
엄마 글씨에 끝내 눈물방울 맺힌다.

아무것도 해드리지 못하는 못난 자식에게
어머니의 사랑과 걱정은 끝이 없습니다.
반듯하게, 부끄럽지 않게 살아야겠습니다.

아버지

봄이 오면
꽃밭으로 데리고 가
사진을 찍어 주셨고

여름이면
냇가에 함께 나가
고기를 잡아 주셨다.

가을 운동회 날엔
이기든 지든 운동장에서
함께 웃어 주셨고

눈 내린 겨울 아침엔
서둘러 깨워
새하얀 눈 위를
제일 먼저 걷게 해 주셨다.

말씀은 별로 없으셨지만,

아버지는 늘 그랬다.

아이에게 난 어떤
아빠일까 생각해 봅니다.
그러다보니 아버지 생각이 났습니다.
아버지께 더 잘 해드려야겠습니다.

어버이

부모님께
맛있는 음식을
해드리러 갔는데
더 맛있는 요리를
먹고만 왔다.

부모님께
용돈을 드리러 갔는데
용돈을 받아 왔다.

부모님께
몇 가지 드리려고
담아간 가방인데
한 가득 담아 왔다.

부모님께
걱정끼쳐 드리지 않으려고
미리 찾아 뵌 건데
이제나 저제나

자식 걱정이

그칠 날이 없으시다.

무엇을 한다해도

부모님의 사랑을

뛰어넘을 수는 없습니다.

카네이션

제 엄마 키만큼
자란 아이지만
늘 아가같기만 한
초등학생 아이가
동네를 모두 훑어서
꽃집을 찾아
카네이션꽃을 사서
한다발 안겨줬습니다.

서프라이즈해준다고
엄마아빠 모르게
동네를 확인하고
가방 속에 꽃을
넣어 숨겨뒀다가
밤이 되어서야
깜짝 선물을 했습니다.

그리고 꽃과 함께
건네준 고맙습니다는

내용의 카드에는
이런 말도
적혀 있었습니다.

“어린이날은 공휴일인데
어버이날은 공휴일이
아니라 엄마아빠가 쉬지
못해 아쉽습니다.
내가 국회의원이 되어서
공휴일로 바꿔 놓을게요!”

아이는 그냥 재미있게 해주려고 했다고 했지만
얼마나 생각하고 얼마나 준비를 했을까..
마음이 너무 고맙고 감사했습니다.
사랑하는 우리의 아이들을 위해!

여름휴가

강원도 말고
강화도

영동고속도로 말고
경인고속도로

양양 고인돌 말고
강화 고인돌

테라로사 커피 말고
조양방직 커피

오징어 말고
왕새우

설악산 말고
마니산

경포해수욕장 말고

동막해수욕장

동해 일출 말고
서해 일몰

정동진 레일바이크 말고
영종도 레일바이크

하하하
호호호
빙그레

아이가 웃는다
아내도 웃는다
나또한 웃는다

어디로 가는지가 그리 중요한건 아닙니다.
함께 할 수 있다는 것만으로도 우리는 행복합니다.

품위유지비

오늘은 월급날이다
근데 조금 특별한 월급날이다.

어제 아내와 의논해서
열심히 살고 있는 우리 스스로에게
상을 주자고 했다.

얼마 안되는 금액이지만
매월 월급날
자기가 하고 싶은 것 마음대로
할 수 있는 용돈을 주는 것이다.

이 용돈 만큼은
무엇을 하든 서로에게
묻지 않기로 했다.

그리고 그 이름을
일단은 '품위유지비' 라고
명명하기로 했다.

결혼 전에 돈 문제로 다투는 부부들이
많다는 얘기를 들었기에
우리 부부는 금전적인 것은 매우 투명하게 살아왔습니다.
그래서 우리는 비밀자금도 없었습니다.
막상 맘대로 써도 되는 돈이 생긴다고 하니
무엇을 할까 생각하게 됩니다.
아주 오래 전부터 자기 자신에게도
상을 주라는 말을 책에서 많이 읽고 많이 듣기고 했는데
이제야 실천하려니 아내에게도 제 자신에게도
미안한 마음입니다.
그래도 지금이라도 시작하게 된 것을
감사하게 생각합니다.

아이를 기다리며

오늘 나는 칼퇴근,
차를 가지고 나와
지금 아이 학원 앞에서
수업이 끝나기를 기다리고 있다.

나는 지금 이 순간이 참 행복하다.

잠시 후 아이는
아빠가 운전하는 차를 타고 집에 갈 것이다.
집에서는 아내가
맛있는 저녁식사를 준비하고 있다.

나는 지금 이 순간이 참 행복하다.

오늘은 아이가 무슨 이야기를 할까
오늘은 아내가 무슨 이야기를 할까
나는 늘 궁금하다.
나도 재미있는 이야기를
준비해 봐야겠다.

아이가 유아기까지
저는 매일 야근하느라
퇴근하면 아이 자는 모습,
출근할 때도 자는 모습만
주로 봤었습니다.
자가용도 없어서 걷거나 자전거를 탔습니다.
그래서 저는 가족에게 미안한 마음이 크고
그래서 저는 가족을 자가용에 태우고 운전할 때,
가족들 함께 저녁 먹을 때가 참 행복합니다.

딱 한 가지 소원

우리 형제는 4형제입니다.
그래서 명절에 온 식구가 모두 모이게 되면
북적북적합니다.

집안에 무슨 일이 생기면
우리는 '독수리 5형제'처럼
힘을 모아서 해결합니다.

얼마나 다행인지 모릅니다.
얼마나 힘이 되는지 모릅니다.

저는 자녀가 하나입니다.
둘째가 생길 수 있었는데
아픔이 있었습니다.
그래서 단출합니다.

지금은 아내와 제가
늘 아이와 함께 하지만
'언젠가는' 하고 생각하면

얼마나 걱정인지 모릅니다
얼마나 마음이 그런지 모릅니다.

그래서
저는 아내와 함께
건강하게 오래 살고 싶습니다.

그래서
하나 밖에 없는 아이를
오래 지켜봐 주고 싶습니다.

딱 한 가지 소원이라면
그 뿐입니다.

명절에 조카들이 형제자매 함께 하는걸 보면
너무 좋아 보입니다.
우리 아이는 혼자라 험한 세상, 걱정도 되고요.
그래도 씩씩하게 잘 커주는 아이에게 너무 고맙고
미안하고 그렇습니다.
추석 보름달 보고 소원을 빕니다.
우리 집안 식구들 모두
건강하게 해 주세요!

4호선

과거와 현재와 미래는
함께 존재하고 있을 뿐인거야

여행

여행을 할 때 마다
타임머신을 타는 게
이런 느낌이 아닐까
생각해.

시간을 넘나들 수 없는 삶이
공간을 넘나들다 보면
기억들이 마치 시간을 넘나드는 듯
현실을 잊는 세계로
빠져 들었다가
빠져 나오거든

그것은 과거로 가는 것도
미래로 가는 것도 아니야
그저 현재에 머무는 것

그렇지만
추억이 있는 공간으로의 여행은
시간을 과거로 돌려놓은 듯한

착각을 불러 일으키고
새로운 공간으로의 여행은
미래를 꿈꾸게 하는 것 같아.

그래서 평생을 살아도
만족할 수 없는 우리는
이따금씩 나를 떠나 여행을 하면서
비로소 또다른 나와 만날 수 있는게 아닐까.

모두가 새로운 한 주를
준비하는 이 순간에도
아직 여행 중인 이들에게
과거와 현재와 미래는
함께 존재하고 있을 뿐인거야.

오랜만에 여행에서
인생에 대해 생각했습니다.
그리고 당신도 생각했습니다.

아날로그를 그리워하며

스마트폰을 어떨 결에
갈아 치울 때마다
빠른 속도와 다양해진 기능에
놀라다가도
이내 섬뜩해진다.

시대에 뒤떨어진
나 역시
갈아치워 지는 건 아닌지…

그래도
내가 버틸 수 있는 건
너와 눈 맞추고…
너와 술잔을 기울일 수 있다는…
그것 때문이다..

아직까지는
스마트폰이 할 수 없는 것이
있어 살아가고 있습니다.

만년필

며칠 전 옛 직장 후배에게서
영문 이름을 알려달라는 문자메시지가 왔었다.

나는 알파벳 자체를 모른다고 답했고
후배는 문자메시지로 웃기만 했다
그리고 오늘 후배가 보낸 택배가 왔다.

만년필이다.
평생을 쓸 수 있는 것이다.
독일에서 만든 것이다.

깃털처럼 가벼워서
심장소리에 날아가 버릴까봐
자켓 속주머니를 몇 번이고 확인해 본다.

내 생애 첫 만연필로
무엇을 해야할까
행여나 장난같은 거짓말도 쓸 수 없겠다.
영원히 지워지지 않을 것 같아서

아니 후배에게 미안할 것 같아

좋은 글만 쓰고 싶다.

그래서 나는
오늘도 홀로 야근
가로등 빛나는 퇴근길
본능처럼 앞서가는 발길에
몸을 얹어가듯 걸으며
세상과 연결된 알 수 없는
인생을 읊조려 본다.

나를 믿어주고
나를 응원해 주는 사람이
있다는 것은
큰 힘과 용기를 줍니다.
나도 누군가에게
그런 존재가 되어야
하겠습니다.

벚꽃

한 잎 한 잎
셀 수 없는
꽃잎들이
햇살을 받아
하얀 꿈들
눈부시게
펼쳐진다.

갓 튀겨낸
팝콘을 닮은듯
달콤한
너에게
묻는다.

그 많고 많은
사연들
어떻게
꽃으로
피워냈냐고.

제가 근무하는 사무실 빌딩 옆길에
작은 벚꽃 나무가 하나 있습니다.
이름난 벚꽃길에는 비할 수 없이
초라해 보일 수 있지만
하나 밖이라 그런지
더욱 눈길을 사로잡습니다.
혼자라서 외로울 수 있지만
혼자라서 빛날 수도 있습니다.

놓아버림

꽃이
꽃잎을 떨구고
나무와 한 몸이 될 때
얼마나 홀가분 할까.

비록 아름답다고
눈여겨 봐 줄 이 없지만
비바람에도
꽃잎 지켜내려
애쓰지 않아도 되나니.

마음 속 무엇인가를 내려놓는 일은
참 어려운 일이지만
일단 내려 놓으니
마음이 편안해집니다.

물음표

나는 왜
휘둥그래한 호텔뷔페보다
한적한 공원에서 당신과 함께
먹는 도시락이 더 맛있을까.

나는 왜
외제승용차를 타고
골프 치러 다니는 사람보다
박스카를 몰고 다니며
택배를 배달하는 사람에게 더 마음이 갈까.

나는 왜
버스와 지하철을 타면서도
자가용 생각은 잘 나지 않는걸까.

나는 왜
브랜드 옷을 걸치는 것보다
매대에서 구입한 옷이 더 편할까.

나는 왜
빠에서 양주 한 잔 보다
파전집에서 막걸리 한 잔이 더 땡길까.

나는 왜
값비싼 선물보다
손글씨로 꾹꾹 눌러 쓴 편지 한 통이 더 고마울까.

나는 왜
베스트셀러를 읽는 것보다
어느 주점 벽 귀퉁이에 누군가 적어 놓은
낙서 같은 시 한편이 더 감동적일까.

삶의 감동은 언제나 낮은 곳에 임합니다.

이발을 하고

기나긴 연휴를 마무리할 겸
이발을 했다.

내가 이용하는 곳은 일 하시는 분이 많다.
가운데 있는 분이 제일 고참이고,
문 앞 쪽이 중간급,
그리고 가장 안 쪽의 세면대 앞자리가
제일 신참 분이다.

서너 사람이 기다리고 있는데도
제일 신참 자리는 비어 있다.
난 시간 절약을 위해
리스크를 감수하고 신참 분에게로 갔다.

내가 그 분을 믿어준 까닭일까
어차피 그 분 뒤에 와 주는 사람이 없어서일까
천천히 정성들여 손질해 주신다.
그 결과...

정말

'매우 만족'

할 수 있었다.

자기를 믿는 한 사람을 위해 정성을 다하는
초보자를 응원합니다.
매 순간 어떤 일이 펼쳐질지 모르는
우리는, 삶에 있어 매 순간이 초보자입니다.
나를 믿는 내 자신을 위해
매 순간 정성을 다해야겠습니다.

컵라면

모든 준비를
완벽히 끝내놓고
오늘이 오기만을 기다렸다.

뜨거운 물결과 함께
부풀어 오르는 꿈의 조각 조각들이

어둠 속에서
뒤엉켜 땀방울이 맺히자
이윽고 신세계로 나간다.

꺼져가는 위장이 꿈틀대고
심장은 또 다른 꿈을 향해 뛰기 시작한다.

컵라면을 먹으며,
'기회는 준비된 자에게
행운이라는 이름으로 다가온다'를 되뇌입니다.

무궁화

닦아도 닦아도
흐르는 땀방울 사이로
무궁화 꽃 피었네.

여름에 피어서
가을에 지는 꽃
무궁화

그 흔한 꽃들은
봄가을에 피어나건만
왜 당신은
시원한 바람 대신
따가운 햇살을 택하셨나요.

가느다란
나무가지들 사이로
듬성듬성 피어서
뙤약볕 피하지도 못하면서

어쩌면 그리도 꼿꼿하게
연분홍 꽃잎 활짝 틔우셨나요.

아침에 피어서
저녁에 지는 꽃
무궁화

구름 한 점
바람 한 점 없는
파란 하늘 사이로
무궁화 꽃 피었네.

많은 사람들이 가지 않는 길은
어려운 길임에 틀림없습니다.
그러나 어려움 만큼 빛나는 길임에 틀림없습니다.

냉장고

따뜻한 국냄비를
통째로 냉장고에
넣었다가
냉장고 유리선반이
와장창 무너져 내렸다.

너무 차가운 것과
너무 따뜻한 것이
만나는 지점의 유리는
깨어진다는 것쯤은
상식인데도 나는
국냄비의 온도를
잘못 측정한 것이다.

깨지기 쉽지 않은
유리선반이
깨지는 것만큼
단종된 유리선반을
구하는 것도 쉽지

않은 일이었다.

조금은 다르게
생겼지만 충분히
그 기능을 하고도
남을 대체품을
갖다 놓고서야
안심이 된다.

내 예측이 어긋났을 때 또, 잃어버린 무엇 때문에
당혹스러웠던 기억을 다시금 떠올려 봅니다.
내 삶의 뜨거운 것과 차가운 것을 한 곳에 올려놓지 말 것...
온도 측정을 가능한 정확히 할 것...
그리고 그것이 아니면 안된다고
고집부리지 말 것..

5호선

옥상엔 옥탑방만 있는 것이 아니다

옥상엔 옥탑방만 있는 것이 아니다

한 시간 이상을 달려 찾아간
빌딩의 옥상엔 남자와
여자가 있었다.

승강기가 닿지 않는 그 곳의
쪽문에 누가 살기나 할까 했는데
남자는 건물주고 여자는
직원이라고 했다.

남자는 육군 장성 출신이고
연금과 건물세 받아서
살고 있다고 아주
자랑스럽게 말했다.

금방 은행을 다녀 왔는지
손으로 통장 몇 개를
만지작거리며 말하는
모습에서 인간미라고는
찾아볼 수 없다.

그래서일까 남자가 육군
장성이었는가는 모르겠지만
하여간
여자 직원도 군대 갔다온
것처럼 직각이다.

표정이건 말투건
부드러운 곡선은
찾아볼 수가 없다.

이 두 사람이 옥상에서
만들어내는 환상의 조합에
세 들어사는 7개층
사무실들은 얼마나
가엾을까 생각이 들었다.

부자인지는 모르겠으나
인색한 구두쇠 노인이
부럽기 보다는 불쌍해 보였고
프로그램 입력된 로봇처럼
시중을 들고 있는 젊은

여자 직원도 한심해 보였다.
어떻든 사연이야 있겠지.

우리들의 옥상엔 누가 살까.

고액의 물건이 필요해서 직접 협상하러 갔다가
구두쇠 영감과 구두쇠 직원을 만나
협상은 결렬 되었습니다.
얼마든지 한 발 물러설 수 있었으나
세상을 향해 황금빨대를 꽂고 있는듯한
그들의 수입을 올려주고 싶은 생각이
눈꼽만큼도 없었기 때문입니다.
진실한 사람이,
성실한 사람이,
인정받고 성공하는 세상을 바라봅니다.

봄맞이

봄이 왔다고 꽃은 피어도
꽃이 피었다고
봄이 오는 것은 아니다.

경비아저씨는 사라지고
경비시스템이 작동하는
세상에

얼굴 마주하지 않아도
인터넷으로 물건을
사고파는 세상에

사람이 꽃보다 아름답다는
뻔한 거짓말은 그만하자.

배가 고플 땐
배가 고프다고 말하자.

나쁜 놈에게는

차라리 욕을 하자.

사랑하는 이에게는
꼬옥 안아주자.

꽃이 지기 전에
봄이 가기 전에
그렇게 하자.

우리가 살아가는
이유는 무엇일까요?
왜 그토록 많은 철학자들이
답이 없는 물음에 도전했을까요?
결국 그 자체가 살아가는
이유였겠지요.
매 순간순간을 정직하게
살아야겠습니다.

광화문 양갈비

봄이 오고 있습니다.
한나절 술을 마시고 또 마셔도
취하지 않는 날에도
봄은 어김없이 찾아옵니다.

차라리 취해버리면
모두 잊어버릴 텐데
취하지도 않습니다.

봄날 햇볕 따사롭던
초원을 내달리던
새하얀 양들은
생각도 못했을 겁니다.

숯불 위에 구이가 될 줄은

너는 내가 아니고
나는 네가 아닙니다.

그래도..

너도 나처럼
나도 너처럼

그랬다..

하고 살고 싶습니다.

오랜만에 퇴근길 회식....
인간사 한 치 앞도
알 수 없습니다.
그래도 우리는 시행착오를
최대한 줄이기 위해
노력하면서 살아갑니다.

비정상

비정상적인 것들이
멀쩡하게 사기를 치거나
정상인 것 보다 더 정상인 것처럼 인정받거나
그것도 모자라 부러움의 대상이 되기까지 하는
이상한 세상이다.

그리고
그것이 비정상적인 것임을 알았거나
알 수 있었을 수도 있었음에도
그것이 한편 당장 편하거나 좋은게 좋은거니까
또 그것이 한편 손해볼 것도 없기에 따르는 무리들,
혹은 방관하는 이들 때문에 세상은 추악해진다.

그러나
아무리 부셔버리려 해도
깨지지 않던 얼음덩어리가
한 순간에 녹아버리는
여름이 오듯
세상의 진실과 진리는 밝혀진다.

그래서 우리는
법대로 안 살아도
양심대로 살면 된다.

애초에 법이란
미세먼지만도 못한
일부의 인간들 때문에 생겨난
것인지도 모른다.

책 읽는 선생님

여기
아침 출근길마다
마주치는 머리카락이 희끗희끗한
장년의 남자 선생님이 있다.

그는 머리카락이 삼분의 일쯤 벗겨졌으며
항상 가방을 양어깨에 메고
계단에서도, 길을 걸으면서도
교문을 지나면서조차 책을 읽는다.

하루가 지나고
한 주가 지나고
한 달이 지나고
한 해가 지나도
한결같은 그 모습은
그야말로 감탄할만 했다.
그러나, 어느 날
나는 보았다.
그가 책을 읽어대는 주변에서

무단횡단하는 학생들과
우측통행을 하지 않아 행인과 마구 부딪히며
걷는 학생들을..

그리고,
학교 담장을 넘어와 지나가는 행인의 눈을
찌를 것 같은 굵직한 나무가지들을..

그 후로 아침마다 그 선생님을 볼 때면
책을 읽는게 아니라 쓰레기를 들고
있는 것 같았다.

백만권의 책을 읽어 아무리 많은 것을 알았다한들
아무리 많은 것을 깨쳤다한들
아무리 많은 것을 가졌다한들
오직 자기 밖에 모른다면...
나와 연결되어 있는 나 이외의 것들을 생각합니다.

명절 인사

거래처에서 준 생각치도 못한 선물 하나 들고
퇴근길 지하철에 오르니
마스크는 썼지만 어쨌든 명절 느낌이 난다.

그러자 그 동안 만나지 못했던
많은 사람들 생각도 난다.

으레 때가 되면
연락하고 형식적인 답장을 받고
이런 뻔한 건 하고 싶지 않아
지난 해부터 중단했던
명절 인사를 다시 검토한다.

소식이 궁금하다.
내 마음이 그들의 안부를 묻는다.
그래! 연락하자!

딱히 할 말 없지만
생각나서 그냥 연락했다고

솔직하게 그 말만 하자.

뭐 신선한 인사말
생각해 봤지만
어색하다.

이번엔 보너스로
잘 생긴 내 사진 한 장도
보내 보자!

너무 뻔해서, 형식적으로 보일까봐
망설일 필요 없습니다.
뭔가 참신한걸 굳이 찾지 않아도 됩니다.
솔직하게 내 마음만 전하면 됩니다.

그믐달

온 몸으로 방긋 웃던 당신이
한 조각 미소로 남던 날

보여줄 수 있는 게
이것 밖에 없어 미안하다며

온통 나 뿐인 내 안에
당신의 공간을 있는대로 내어주고도

빙그레 웃을 수 있는
당신이 바로 사랑이었다는 것을

당신이 가고 없는
아침이 되어서야 알았습니다.

시행착오를 겪을 때마다 문제는 내 안에 있음을..
내 안의 나를 비우고 비워야 한다는 사실을 깨닫습니다.
오늘 하루 조금이나마 비울 수 있는 삶을 소망합니다.

법원 등기소

어떤 희망 담아
무슨 흔적 남기려
등기소 문 열기도 전에
사람들은 줄을 섰나.

도장에 도장을 찍고
또 찍어 증인을
불러 세우는
불신의 시작과 끝

밤을 새워 강의를 해도
지칠 줄 모르는
민법 동영상 강사는
아직은 믿을만한
세상이라며
웃고 있었다.

인간이 인간을 찾아가
인간이 만든 제도 앞에

엎드려 구걸하느니

속세에 흔들리지 않는
나의 영혼을
스캔하여 염라대왕에게
영원한 등기를 구하자.

우리의 삶은 사람과 사람이 얽히고설킨
고분자 구조와 같습니다.
우리가 이 복잡한 구조를 지탱할 수 있는 것은
서로에 대한 믿음,
그리고 최소한의 예의가 아닐까요.
오늘 이 순간 당신을 움직이는 믿음은 무엇일까요?
나는 당신을 믿습니다.

지하철 출근길

지난 밤부터
꽃샘추위 찾아 왔어도
새벽은 더 일찍 새고
둥근 해는 더 먼저 창을 두드린다.

천년이 지나도
변하지 않은 이 사실을
조금이라도 깨달은 자라면

오늘
콩나물 시루같은 지하철에서

고슴도치처럼 삐져나온
털모자를 쓰고
거북이 등가죽 같은
뒤로 메는 가방을 등에 지고

이순신 장군이라도 되는 것처럼
우뚝 서서

아인슈타인 인양 책을 읽거나
스티브잡스인 것처럼 스마트폰을 붙잡고
있지는 않았을 것이다.

그래도
바람은 차가워도
햇살은 따뜻하니까
오늘을 시작해 볼까.

따사로운 봄날처럼
사람들이 스마트폰만 바라보지 말고
주변도 바라보면서
그 속에 있는 나는 지금 어떻게 행동하고 있는가도
생각하면서 살았으면 바라봅니다.

검찰청 장미꽃

거친 검찰청 기운을 못견딘듯
장미꽃이
검찰청 휀스 사이사이로
도망치듯 핀 것 같습니다.

어쨌든 장미꽃은
화사하게 피었습니다.

아 ..
권력이여..
꽃이여..

거친 검찰청 담벼락을
거침 없이 넘나드는
바람이여!

집 앞에 검찰청과 법원이 있습니다.
출근길 검찰청사에 핀 장미꽃이 여러 각도에서
생각하게 합니다.
근데 저는 그저 바람이고 싶습니다.

6호선

그렇게 받아들일 때도
있어야 한단다

운명

개나리꽃망울 하나로
이별 통보를 받았던 겨울이
삼월 며칠 밤을 새더니
오늘은 기어코 새벽부터
찾아와 칼바람을 겨눈다.

바람아 겨울아
내 탓이 아니다.
네 잘못도 아니다.
널 사랑하지 않아서가 아니다.
너의 사랑이 부족했던 것도
아니다.

너의 몸부림이 이것으로
끝이란걸 안다면 너 역시
이렇게 무모한 선택을
하지는 않으리라.

너나 나나 어디서 와서

어디로 가는지 모르는
순간순간을 오고가는 사이

운명은 그렇게 받아들일
때도 있어야 한단다.

봄이 오는 길목에서
미련이 남은 겨울이 몸부림을 칩니다.
그래도 우리는 봄이 올 것을 알고 있습니다.
우리 자신의 운명도
우리 스스로 이미 알고 있는 것이겠지요?
어떻게 살 것인가에 대한 답은
이미 나와 있는데
어떻게 행동으로 옮길 것인가가
문제였던 것 같습니다.
오늘은 좀 더 행동하는 하루가 되어야겠습니다.

매미

한여름 매미처럼 살고 싶다.

수 년을 땅 속에서 유충으로 살다가
땅 속을 뚫고 나와
길어야 한 달

떠나야 할 때를 안다는듯
주어진 시간
쉴새 없이 시계바늘 보다
더 빨리 울어댄다.

남은 시간을 꼭 붙잡으려는듯
나무에 딱 달라붙어
시도 때도 없이
목놓아 울어 댄다.

햇살이 뜨거우면 뜨거울수록
미친듯이 울어대는
매미처럼

한 순간이라도
미친듯이 살 수 있다면

내 어깨 위에는
날개가 돋고
내 가슴에서는
꽃이 피어나리라.

공부든 일이든
미친듯이 했던 때가 있었나 돌아봅니다.
앞으로 미친듯이 살 수 있을 꺼리를
미친듯이 찾지 않아도...
살아 가면서 하고 싶었던 일,
그리고 잘 할 수 있는 일에 미쳐서
행복할 수 있기를
미치도록 바라봅니다.

비 오는 날

학창시절
나는 비가 퍼붓는 운동장에서
친구들과 미친듯이 축구를 합니다.
이내 머리끝에서 발끝까지
비에 젖는 것도 모자라
진흙탕으로 옷이 뒤범벅입니다.

다소 어두운
낡은 교실에서는
선생님 목소리가 더욱 크게 울리고..
마루바닥 왁스 냄새는
더욱 찐하게 나는데..
수업은 빨리 안 끝나는데..
비는 더욱 거세지는데..

교문 앞에서 엄마가
우산을 들고 기다리고 서 계십니다.
오늘도 비가 내립니다.
우산을 펴고 걷습니다.

그래도, 팔뚝에.. 손끝에..

빗물이 튀는건 어쩔 수 없습니다.

구두도 젖고 바지끝도

조금씩 젖어 갑니다.

나의 기억도 빗물 따라

과거로 젖어가다가

현재로 왔다가

시간여행을 합니다..

지나고 나면 대체로 아름다운 추억이 됩니다.

살아갈 날을 생각할 때 하고 싶은 일과

좋아하는 일을 반복하면서

자아실현은 물론 세상에도 기여할 수 있다면

그것이야말로 행복이 아닐까요

월요일 퇴근길

퇴근하면서 문득 옆길로 새고 싶을 때가 있다
오늘 같은 날이 그렇다
월요일에서 겨우 깨어나
아직도 눈부신 햇살..

273번 버스를 타고 홍대로 가자.
나에겐 익숙하지 않은 버스킹,
또 버스킹을 지나 단골 중고서점에서
누군가의 흔적 있는 책을 뒤적인다.

내가 중고서점에 가는 이유는
저렴하게 책을 구입할 수도 있지만
어쨌든 이곳의 책은
적어도 누군가가 한 번 이상은 읽어서
검증된 책일 거라는 안도감 때문이기도 하다.

검증되지 않은 것들 때문에 맞닥뜨리는
수많은 오류의 확률을
조금이라도 줄이고싶은 마음이

살아갈수록 더욱 커진다.

중고서점을 빠져나오자
홍대거리는 마치 집회에 나온 사람들처럼
인산인해를 이룬다.

그 틈을 파헤치고 지하철역까지 걸어가면서 생각한다.

“인간 세상이, 또 인간의 삶의 가치가
너무 한쪽에만 편중되지 않기를.. “

가끔 일상의 틀을 벗어나고 싶을 때가 있습니다.
그래도 큰 틀은 유지가 됩니다.
극단적인 것은 깨어지기 쉽습니다.
중도와 중용을 생각합니다.

감동

사람들은

유명 화가가 그린 그림과
유명 가수가 부른 노래,
유명 시인이 쓴 시를
감
상
하고,

손을 다친 이가 발로 그린 그림과
앞 못 보는 이가 부른 노래,
글을 알지 못하는 이가 쓴 시에
감
동
한다.

때로 불가능하다고 생각될 때
그래도 끝까지 해보는 것입니다.
그것이 삶의 감동입니다.

보이지 않는 선

철학자이자 시인 칼릴지브란은
눈에 보이는 사랑보다
보이지 않는 사랑의 위대함을
그의 시를 통해서 보여주었다.

나는 요즘
보이지 않는 선의 중요성에 대해
생각하고 있다.

사람과 사람 사이에는
보이지 않지만
넘어서는 안될 아니
넘지 말아야 할
보이지 않는 선이 있다.

보이지 않기 때문에
이 선이 어디까지인지
가능한 정확히 판단하고
그 선에 다다랐을 때는

그 선을 넘지 않도록
한번쯤은 다시 멀찌감치
간격을 벌여놓는 것도
좋은 방법이다.

이것은 우리가 다른 사람에게
다가갈 때도 그렇지만
우리에게 다가오는 사람에게
그렇게 하는 것도 방법이다.
적어도 그와의 관계를 좋은
관계로 지속하고 싶다면 말이다.

대체로 우리의 삶은 보이는
것보다 보이지 않는 것들에서
정작 중요한 것들이
판가름 나는 것 같다.

오늘도 우리는 눈을 뜨고도
보이지 않는 것들과의 동거가
우리 삶에 긍정적인 신호로
바뀌기를 기대하며

하루하루를 살고 있는지도
모른다.

보이지 않는 사랑을 생각합니다.
그것의 위대함을 말입니다.
그리고,
보이지 않는 사랑을 위해
보이지 않는 선도 생각합니다.

에어컨

너마저 없었다면
밤새 잠 못 이루고
문 밖을 서성이다가
떠나간 그이를 기다리다가
돌아오곤 했을 것이다.

찐한 삶의 뜨거운 맛에 데인 자리 너무 큰데
그이마저 떠나간 자리..
언제든 원한다면
차가운 공기로
머리 끝에서 발 끝까지
함께 해 주는 너에게
많이 고마웁지만

그래도 떠나간 그이가
더욱 그리운건
어쩔 수가 없구나.

시원한 에어컨이 있어 다행이지만
마음까지 시원해지는 바람이 그립습니다.
평상시에는 우리곁에 있는 것들의 소중함을
못 느끼다가도 그것이 없을 때
비로소 소중함을 깨닫습니다.
일상의 소중함을 생각합니다.

보고 싶은 선생님

시골에서 중학교를
다녔던 나는 뻔질나게
글짓기 대회를 나갔다.

글쓰는게 쉽지 않다는
것을 일찍이 알았기에 난
늘 국어선생님을 피해
도망 다녔는데 선생님은
끝까지 나를 찾아내
글짓기 대회에 나가라고
강제로 끌고 갔었다.
그래서 어쩔 수 없이
허구한 날 글을 써야 했다.

그렇게 글 쓰는게 싫어
또 도망가던 어느 날
선생님이 날 붙잡아두고
진지하게 말씀 하셨다.

"네가 글쓰는 재능이 있어보여
자꾸 시키는 것이니 이제
그만 도망 다녀라.
그리고 대학에 가거든
신문사에 꼭 들어가 보거라"

그리고 세월이 흘러
나는 대학 학보사에
갔다가 크고 붉게 쓴
학생 데모 운동용
대형현수막과 대자보
느낌이 너무 살벌하게 보여
대학방송국을 대신
선택했었다.

지금은 글 쓰는 것이
일상이고 재미가 있다.

아..
오늘은 선생님이
너무 그립고 보고 싶다.
도망치던 나를 끝까지

잡아내서 글을 쓰게 했던..
이제는 할머니가 되었을
현주 선생님이 참 보고 싶다.

자기 자신은 본인이 가장 잘 알고
남의 속은 알 길이 없는 것 같지만,
자기 자신은 본인에게
가장 객관적일 수 없음을
깨닫습니다.
때로 내 자신을 보다
정확하게 들여다 보고 싶을 때
다른 사람이 나에 대해 말하는 것을 경청하고
심사숙고할 필요가 있음을 깨닫습니다.

월급날

대학 들어가던 날
부모님은 시골이라서 우체국에서
내 명의 통장을 만들어
매달 용돈을 보내 주셨다.

직장 잡을 때까지
단 한 번도 어김없이
내 통장에 찍히던 용돈에 대해 난
단 한 번의 생각도 없이
받아 쓰기만 했다.

그렇게 서랍 속에
묻혀 있었던 우체국 통장을 꺼내
월급을 받고 보니

나는 부모님처럼
부모님의 통장에
용돈 한 번 맘 편히
보낼드릴 수가 없구나.

고향에서 연로해지는 부모님..
아프셔도 아프다고 하시지 않는 부모님..
그런 부모님께
난 할 수 있는게 이리도 없구나.

늘 마음 뿐..
늘 생각 뿐..
제 때 실천하지 못하는 삶이
안타깝구나...

통장에 찍혔다가
순식간에 사라지는
쥐꼬리 월급처럼

오늘은 월급날입니다.
월급날 만져보지도 못한 돈이 자동이체 연결계좌로
순식간에 사라져 버립니다.
부모님은 자식들을 다 어떻게 키웠을까요.
나는 사랑하는 부모님께 무엇을 할 수 있을까요.
흐르는 시간보다 더 앞서서 행동해야만
후회하지 않을 것입니다.
월급날 문득문득 이런 생각들이 듭니다.
부모님들을 위하여!

단풍

한결같은 당신이
형형색색 고운 빛으로
물들어 가던 날

왜 몰랐을까요.
그것이 헤어짐의
시작이었음을

낙엽을 눈물처럼 떨구며
수 없이 작별 인사를
건네는 당신에게
사람들은 어찌
아름답다고만 할까요.

당신이 떠나고 나면
언젠가 또 다른
사랑이 찾아오겠지만
당신일 수 없기에

자꾸만 당신 곁을

서성입니다.

단 한 순간도 다시 오지 않습니다.

우리는 매 순간 순간 시간과의 이별을 합니다.

우리도 모른 사이에 이별에 너무 익숙해져

버린 건 아닌지...

그래서 울어야 할 때도 웃고 있는 것은 아닌지..

7호선

있는 그대로를
인정하기로 했습니다

겨울비

그것이 되지 않으면
안된다고 하지 않았지만
겨울에는 꼭 그래야만
하는 줄 알았습니다.

흩어진 소망들을 모아
하얀 꽃잎들 흩날리듯
하늘하늘에 눈이 내려야
하는 줄 알았습니다.

겨울에는 당연히
그렇게 세상과 만나야
하는 줄 알았습니다.

그렇게 하지 않아도 된다는
것을 알아버리기도 전에
그렇게 할 수 없는 상황도
있다는 것을 깨달은 날,
겨울비 내리는 날.

나는 있는 그대로를

인정하기로 했습니다.

마음 속 어딘가에

겨울비 내립니다.

마법의 성

그 겨울
마법의 성,

억지스레 눈을 뜬 아침은
차라리 오지 말고
숨은 그림 찾기 같은
하루는 시작하지 말자.

긴 터널 지나도록
침묵의 방은
한 조각 눈발조차도
한 뼘 달빛마저도
허락하지 않았고

마법사의 주문은 녹슨
자물쇠처럼
봄을 기다리는
겨울잠도
부질없게 하였네.

그렇게 계절이 끝나갈
무렵에도
성문은 열리지 않았고
마법에 빠진 겨울은
며칠 동안 술을
마셔도 취하지 않았다.

아무리 해도 벗어날 수 없는
오해와 인내의 긴 시간도 있습니다.
그러나 그것도 내 삶의 한 부분입니다.
그리고 그 순간이 지나면
세상이 더욱 아름답게 느껴질 것이란걸 압니다
그래서 견딜 수 있습니다

발가락 양말

어제 구두를 신고
반나절이 넘게
포럼에 참여한 탓인지
오늘 아침 발가락이
간지럽다.

이럴 때는 발가락
양말이 최고다.

인간의 발가락이
하나로 되어 있었다면
직립보행은 할 수 있었겠지만
흔들림 같은 상황에서는
쉽게 넘어졌을 것이다.

발가락과 발가락 사이
그 적당한 간격이
신체의 균형을 잡도록
하는 것이다.

사람과 사람 사이에도
적절한 간격이 필요하다.

무좀에 걸리지 않으려면
종종 발가락 양말을 신어
발가락과 발가락 사이를
분리해 줄 필요가 있다.

사람과 사람 사이에는 적절한 거리가 필요합니다.
가깝지도 않고 멀지도 않은 거리,
그것은 물리적 거리가 아닙니다.
마음의 거리도 아닙니다.
그 거리는 서로에 대한 무관심이 아니고,
서로에 대한 배려에서 시작하는 아름다운 거리입니다.
적절한 거리를 유지하는 것은 어렵지만 매우 중요합니다 .

개나리꽃

큰 꽃잎으로 너의 두 눈을
가득 채워 줄 수도 있었어.
작은 꽃망울 불꽃처럼 터뜨려
기쁘게 해주고 싶었을 뿐

나무 꼭대기에서 너와 함께
펄럭일 수도 있었어.
아이들 눈길도 닿는 곳에서
사람들과 어울리는 법을
알려주고 싶었을 뿐

하늘로 하늘로 너를 안고
더 높이 날아갈 수도 있었어.
땅을 따라 길을 따라
너와 함께 더 오래 걷고
싶었을 뿐

겨울이 싫었던 건 아니었어.
햇살이 봄을 데리고 왔을 뿐

어떻게 살 것인가에 대한 질문은
오늘도 끝이 나지 않는데
개나리꽃이 저에게 속삭입니다.
좀 더 솔직해지라고..

고민

엉켜버린 실타래를
푸는 방법은
한 가지 뿐이다
어디서부터 꼬였는지
찾고 또 찾아내는 것

시간이 오래 걸리겠지만
단 1미리미터도 잃지 않기
위해서는 그렇게 해야 한다.

단, 영원히 풀지 못할 수도 있다.

그리고
못 찾겠거나 찾았어도
그 꼬임이 풀 수 없을만큼
단단한 매듭이라면
중대한 결정을 내려야 한다.

얼만큼을 잃을지 모르지만

더 꼬여서 더 많이 잃기 전에
가급적 빨리 잘라 내야한다.

단, 잘라내면 다시는 붙일 수 없다.

삶을 파고드는 고민을
풀 수 없다면 더 많은 것을
잃기 전에 싹뚝
잘라버리는 것도
방법입니다.

바람개비

바람 불어 좋은 날
잘도 돌아간다.

바람이 불면 부는대로
멈추면 같이 멈춰서는 너에게

햇살은 너무 지루하고
태풍은 너무 버겁지 않은가.

아무도 찾지 않으면 어떠리
나즈막한 언덕쯤에 서서

실바람에도 방긋방긋
웃어보자.

불어오는 바람을 온 몸으로 받아
슬기롭게 통과시키고
나서 싱글벙글 웃고 있는
바람개비처럼 살고 싶습니다.
그런데 끊임없는 바람이 거칠게 불면
온 몸으로 막아내고 싶을 때도 있습니다.

가을단상

당신은 어디에 숨었다가
이제야 나타난 것입니까.

녹아버린 얼음조각처럼
내 흔적조차 알 수 없을 때

당신은
높고 푸른 하늘 아래로
구름만 동동 띄워 보내
그냥 흘러가게 놔두라고 합니다.

나는 더 할 말이 있는데
나는 더 할 일이 있는데

당신은
나뭇잎과 열매들을
하나씩 떨어뜨리며
이제 그만하라고 합니다.

삶의 모든 것을
보듬어 줄 것 같은
당신의 품과 어깨에
잠시라도 기댈라치면

당신은 하늘 아래
펼쳐 두었던 구름마저 접어
이미 멀리 떠나버리고
없습니다.

배터리가 방전된 차량에
긴급출동을 불러 시동을 켭니다.
나를 움직이는 배터리도
방전되지 않도록 충전을 해야 합니다.
계절을 바꿔가면서 충전을 하는
대자연의 섭리처럼..

우주와 나

세상 일이 쉽게
풀리지 않을 때나
실수하거나
힘겨울 때

나는 내 두 눈을
내 마음 속의 우주선에
탑승시켜 하늘 높이
쏘아 올린다.

그리고
하늘 위에서
나를 내려다 본다.
나는 보이지도 않는다.

더 높이 올라가
우주 속에서
나를 찾아 본다.
나는 없다.

그제서야
마음이 가라앉는다.
그리고 나에게
말을 건다.

"지금 내게 일어나는
어려운 일들은
아무 것도 아니야!
힘내자!"

나에게서 벗어나서
나를 바라보는 지혜가 필요합니다.
'우주 속의 나' 를 바라봅니다.

병아리와의 동거

몇 개월째 아리와 함께 살고 있다.
알을 깨고 나오지 못하는
아리의 알을 깨고
꺼내 가까스로 살려낸 놈이다.
딱히 이름이 그래서 병아리에서
'병'자만 떼서 부르고 있다.

일어나서 걷기나 할까
걱정되던 녀석은 이제 주먹보다 크게 자라서
박스 속에 넣으면 꺼내달라고
목이 쉬도록 울어댄다.

이런 아리의 대소변을 닦는게 귀찮아
나는 종종 박스 속에 아리를 넣어두거나
가끔은 아리에게 화풀이를 하며
못살게 굴기도 한다.

그런데 아리는 금새 모든걸
잊은건지 내 살갗에 몸을 기대고

웅크려 앉거나 잠을 청한다.

그럴 때마다 나는 나의 못된 행동에 대해
미안해 하며 아리를 감싸안기를 반복한다.

실제 닭은 잘 졸거나 바보같은 행동을 곧잘 합니다.
처음엔 정말 닭대가리, 닭병..
이라는 말이 생각났는데
요즘은 이런 생각이 듭니다.
어찌되었든 늘 새롭게 처음처럼 시작하는 병아리처럼
매일매일 새로운 마음으로 살 수 있다면..

겨울 길목에서

바람이 너를
흔든게 아니다.
스치는 바람에
너 스스로
무너졌을 뿐

그래도
너의 잘못은 아니다.
밤을 새워도
할 말이 없는 이 밤

떨어진 은행나뭇잎이
침엽수였는지
활엽수였는지
네 알 바 아니다.

삶은 그렇게
오고 갈 뿐,
시작된 겨울은

우주 끝에서
너의 발 끝까지
한 걸음도,
한 발자욱도
기다려주지
않는단다.

8호선

지금 우리에겐
이것이 최선인 것 같다

친구에게

명퇴 대상이 되었다는
너의 기나긴 문자메시지를 보고
아무 것도 해 줄 수 없어
그저 미안할 뿐이었다.
다만 너에게 이렇게 답장을 쓴다.
아무 도움이 안될걸 알지만
어쩌면 냉정하게 들릴지 모르지만

이렇게 하는 것은 어쩌면
내 마음의 부담을 덜기 위함일지도 모른다.

나 역시 요즘 위기 속에
돌파구를 찾지 못해
어쩔 수 없이 하루하루를 견디며 살고 있다면..

친구를 만나고
선배를 만나고
지인을 만나
내 아픔, 내 얘기 해 보았지만

그들에게 부담만 안겨줄 뿐이었다.

아픔을 나눌 수 있는 사람은 분명 있다.
그러나 나의 가장 원초적인 문제를
해결해 줄 수는 없다.
그건 내 자신이 해결하고 만나야
상대방이 나와 편히 만날 수 있고
그것이 상대방에 대한 예의인것 같다.

아직은 견딜수 있으니 하는 말인지도 모르겠다.
"나 좀 도와줘" 하고 싶을 때가
한두번이 아니다.
그런데 그 말을 하면 상대방이
도와줄 수 있으면 좋은데
그렇지 않으면 얼마나 괴로울까..
그런게 느껴졌다.
그래서 그런 상황이 오지 않기를
간절히 바라며 견디고 있다.
친구야..
난 너와의 우정이 변치 않으리라고 믿는다.
그래서 견딜 수 있다.

고맙다. 친구야
아무 도움이 안될걸 알면서도
어려울 때 날 떠올려 줘서..

미안하다. 친구야.
아무것도 해 줄 수 없어서..

그래도 우리 힘내자!
막연하지만 지금 우리에겐
이것이 최선인 것 같다.

친구의 연락을 받고 답장을 씁니다.
도와줄 수 있는 것이 없으니 답답합니다.
친구가 잘 되었으면 좋겠습니다.

반갑다 친구야

고교 졸업 이후
연락이 끊겨 오랜 시간 못 만났던
고교 친구를 만났습니다.

친구는 집안 정리를 하다가
제 고향집 전화번호가 적힌 쪽지를 발견하여
겨우 연락이 닿았다고 했습니다.

대전에 사는 친구가
더위에 땀을 뻘뻘 흘리며
옛 친구 얼굴 보겠다고
광화문을 찾아 왔습니다.

저는 그것이 어떻게
표현할 수 없을만큼 고맙고 감사했습니다.

친구와 저는 고교 3년 동안
한 번도 같은 반인 적이 없었습니다.
쉬는 시간에만 만나는

복도 친구였기에
더욱 그랬습니다.

뭘 더 어떻게 해줄게 없는
제 자신이 무능력해 보일만큼
친구가 반갑고 고마웠습니다.

아..
이런게 친구구나..
친구는 친구의 의미를
다시 깨우쳐 주었습니다.

오랜 세월 서로 소식을
모른채 살았지만
어제 학교에서 만났다
헤어진 것처럼
오늘 만날 수 있는

멀리 있어도
보고 싶으면 한달음에
달려오는

진짜 친구

마음의 상처 투성이로 보낸 고교시절이 떠오릅니다.
그래도 좋은 친구가 있어서 그 시절을 견디었나 봅니다.
오늘은 친구에게 연락을 해봐야겠습니다.
"친구야, 잘 지냈냐?"하고 친구처럼 저도 친구 이름 대신
"친구야" 해 보렵니다.
이 친구에게서 제 이름 대신 "친구야" 하고 부르는 소리를
처음 들었는데 왠지 뭉클하더라고요.
그 느낌이 참 좋았기 때문입니다.

생각해 보니

어제는
집 근처 건널목을 건너다가
그야말로 우연히 10여년만에
친구를 만났습니다.

우리는 금방 알아볼 수
있었고 옛모습 그대로다는
인사를 나눈 후
일단 다음에 만나기로
하고 헤어졌습니다.

가만 생각해 보니
그의 모습이 그대로가
아니라 그를 생각하는
내 마음이 변치 않은
것이었더군요.

거듭 약속을 바꾸고서야
1년여만에 점심시간에는

후배를 만났습니다.

우리는 식사와 커피 한 잔을
했으나 시간이 너무 짧은 것
같으니 다음에 또 만나기로
하고 헤어졌습니다.

다시 생각해보니
시간이 짧았던게 아니라
함께 있고 싶은 마음이
더 큰 것이었더군요.

오늘 아침에 손에 잡힌
셔츠는 흰색입니다.

흰색은 속도 잘 비치고
얼룩지면 잘 안 지워지고
때도 잘 탑니다.

하지만 생각해 보니
색도 없고 무늬도 없어
가장 마음이 편한 색입니다.

하늘을 보니
오늘도 비가
올 것 같습니다.
아니 가만 생각해보니
비가 좀 왔으면 하는
마음이었습니다.
가만히 들여다 보면
마음이 원하는 소리가
들립니다.
행복은 어쩌면 그곳에
있는지 모릅니다

고맙다 친구야

형편상 자가용을 일찍
마련하지 못해서
늘 마음에 그늘처럼
자리잡고 있었다.

우연한 기회에
지인으로부터 차를
인수하게 되었는데
운전도 문제였고, 차를
가져오는 것도 문제였다.

그런 나에게 소중한 마음과
귀중한 시간을 내어 준
이는 다름 아닌
신입사원 시절 입사동기인
동갑네기 친구였다.

우리는 부서가 달라서
같은 사무실에 근무한

적이 없었다.
또 친구는 꿈을 이루기 위해
일찍 회사를 그만뒀기에
우리는 사실 남남이
될 수도 있었다.

그러나 친구와 나는
이따금씩 연락을 주고
받았고 또 가끔씩 만났다.
언제 연락을 해도 친구는
나를 반갑게 맞이해 주었다.

그렇게 우리는
멀지도 가깝지도 않은
관계를 지속하며
친구로 지냈다.

그리고 친구는
나에게 고민거리였던
자가용과 운전 문제를
한꺼번에 해결해 주었다.

친구는 여러 날의 휴일을
반납하며 운전연습을 시켜주고
차량도 인수해 주었다.

친구끼리 그 정도는
할 수 있는 것 아니냐고
할지 모르나, 이것은
절대로 쉬운 일이 아니다.

고맙다. 친구야
네 덕분에
남편 노릇,
아빠 노릇,
아들 노릇
할 수 있을 것 같다.

어려울 때 함께 해주는 친구야말로 진짜 친구입니다.
고마운 친구에게 감사의 뜻을 표하긴 했지만
턱없이 부족하다는 것을 알기에 미안한 마음이 듭니다.
저도 친구에게 도움이 될 일이 있으리라 생각하면서
미안한 마음 애써 달래 봅니다.

친구

해마다 장마철이 다가오면 더욱 생각나는 친구가 있습니다.
우리는 회기동 1번지에서 처음 만났습니다.
친구의 첫 인상은 생동감이 넘치는 뮤지컬배우,
열정이 넘치는 총각 선생님, 의지에 찬 청년, 호연지기..
그런 단어들이 연상되었던 것 같습니다.
우리는 학교 도서관에서 함께 하는 시간이 많았습니다.
책장을 넘기다 보면 친구가 써 놓은 엽서가
툭 하고 떨어지곤 했습니다.
그것은 겪어 보지 않은 사람은 알 수 없는 감동에 가까웠습니다.

친구는 무엇이든 설명하기를 좋아했고
많은 사람들과 다양한 삶,
그리고 넓은 세상을 경험하고 싶어 했습니다.
그래서 친구는 늘 바빴습니다.
학교 강의도 열심히 들어야 했고, 책도 많이 읽어야 했고,
사람들을 많이 만나야 했고, 여러 가지 행사에 빠지지 않고
참여해야 했고, 또 외국인 친구들도 많이 사귀었습니다.
그러면서도 친구는 고향을 떠나
고시원에서 생활하는 저의 일요일 아침을

종종 깨워주곤 하였습니다.
지금도 지하철 1호선 회기역 앞 크로네 과자점에서
아침에 갓 구운 빵을 자전거 핸들에 걸고서
저만치서 패달을 힘차게 밟으며
저에게 반갑게 달려오던 친구 녀석의 모습이 생생합니다.
그리고 우리는 홍릉수목원과 고황산 벚꽃길을
산책하곤 하였습니다.
홍릉수목원은 가끔 친구의 외국인 친구도 함께 하였습니다.

우리의 생일은 하루 차이가 나서 저녁에 만나서
소주와 짬뽕 국물을 안주삼아 이튿날 새벽이 되어서야
우리들만의 조촐한 생일잔치를 끝내곤 하였습니다.
우리의 우정은 그렇게 깊어 갔습니다.
그리고 친구와 함께 신림동에서 고시공부를
하기도 하였습니다.
그 와중에 매일 아침 같이 일어나
해동검도로 간단한 운동을 하고
아침식사를 앞에 두고 기도를 하는 일은
참 좋은 일이었습니다.
우리들의 고시는 실패로 끝났지만,
함께 하면서 서로 부딪치기도 했지만,
그것이 서로에 대해 더 잘 알 수 있는 기회였기에

우리는 행복했습니다.

그 후, 우리는 각자 회기동을 떠나게 되었고
그렇게 벌써 이십년이 다 되어가는 시간이 지나버렸습니다.
그 사이 우리는 취업을 하고, 사랑하는 사람과 결혼도 하고,
아이도 낳아서 아빠가 되어 있었습니다.
서울 하늘 아래 늘 같이 있었지만 자주 만나지는 못했습니다.
그래도 세월이 무색할 만큼 친구는 늘 가까이 있는 듯 합니다.

그래서 친구인가 봅니다.

친구가 잘 되었으면 좋겠습니다.
친구이기 때문입니다.

술 한 잔 생각나는 날

출장과 행사로
잔뜩 바빴던 여름이 지나간
가을녘 목요일 퇴근길

알 수 없는
허전한 마음

아
이게 무슨 일일까.

또
술 한 잔 생각이 난다.

시간은 멈추지 않고
흐를테고
나도 시간 따라
흘러갈텐데
오늘은
이 시간을 붙잡고 마주 앉아

술 한 잔 기울이고 싶다.

어쩌면
좀 모자라게 살고 있을
나에게 힘내라고
말해 주고 싶다.

나의 가장 절친은 어쩌면 나 자신입니다.
오늘은 나와 한 잔 해야겠습니다

어울리지 않는 옷

고교 때 일이다.
반장으로 뽑힌 정민이가 반장이 부담스럽다며
부반장으로 뽑힌 나를 반장으로 추천하는 바람에
반장이 되었었다.

그렇게 시작된 반장 일은 아주 험난했다.
수업시간이나 청소시간에 반에서 잘못된 일이 있으면
대표로 불려나가 선생님에게 빰을 맞는 일이 허다했고
학교 행사가 있을 때면 준비를 해야 하는데
친척집에 얹혀 살던 나는
그 말을 못해 전전긍긍 했던 것 같다.

정민이는 부반장을 해서 그런지
부모님이랑 같이 살고있어 그런지
항상 즐거워 보였다.

그렇게 고교시절은 어쨌든 지나갔고
그 시간만큼 정민이와 나는 멀어져 갔다.

그리고

그 때 이후로 나는 누군가에게 떠밀려 하는 일이나

비정상적 절차라고 생각되면

절대로 하지 않게 되었다.

이따금씩 그 때의 일이 잊혀지지 않을 때가 있습니다.

나에게 어울리지않는 옷이나 남의 옷을 입었을 때의

어색함은 말할 것도 없고

행동도 부자연스럽습니다.

나에게 진정 어울리는 옷은 무엇일까요?

이 나라에 진정 어울리는 리더는 누구일까요?

선물

예상하지도 않았던 날
생각조차 못했던 사람에게서
뜻 밖의 책 한 권 선물을 받았다.
저자가 직접 내 이름 석 자를 적고
인사말과 서명까지 한 책이다.

이 책을 나에게 준 사람이
나와 단절된 장소에서
나와 무관한 사람들과
나와 다른 시간 속에서
내 생각을 해서
저자의 서명까지 받아 주었다는
생각을 하니
그렇게 고맙고
감사할 수가 없었다.

사람에게서 가슴 찡한 고마움을 느낀 것..
한 권의 책 속에서 힘과 용기를 얻게 된 것..
참 오랜만이다.

그렇게 이번 한 주는
잃어버린 나의 꿈을 찾아
행복한 시간을
보낼 수 있었다.

우리가 가장 많은 시간을 보내는 직장에서
마음을 나눌 수 있는 사람이 있다는 것은 커다란 희망입니다.
무겁게 시작한 월요일,
아침에 느닷없이 책 한 권을 내민 후배 직원에게
금요일 아침이 되어서야 고맙고 감사한 마음을 전합니다.

노량진에서

수험서적 몇 권을 산다는게
어쩌다 보니 노량진까지 왔다.

대학가 주변처럼
젊은이들로 가득 차
발디딜 틈도 없다.

책 들고 다니는 젊은이도 많지만
먹고 마시는 젊은이도 참 많구나.

청년실업 청년실업해도
이곳에 있는 친구들이 그들은 아닌가 보다.

어쨌든 활기가 넘치고
그래도
희망이 있어 보여
마음이 놓인다.
책은 몇 권 안샀는데
내 욕심을 가득 담은 탓인지

주인장이 준 검정 비닐봉지가
집에 도착하기도 전에 찢어질 것 같아
책 비닐봉지를 꼬오옥 안고
버스에 탔다.

물체의 무게는 중력의 영향을 받지만
어쩌면 마음의 영향을 더 크게 받는지도 모릅니다.
마음을 마음껏 컨트롤할 수 있을 때
우리는 마음대로 살 수 있음을
마음으로 깨닫습니다.

독백

내 삶에 있어
한 가지 중요한 문제를
좀처럼 풀지 못하고 있는 나는
여러 해 동안
친구, 선후배, 그 밖에 많은 지인들에게
연락을 잘 하지 않고 지냈다.

그랬더니
당연히 많은 사람들과
소식이 끊겼다.

이 사실이 가끔은 두렵다.
지인들에 대한 내 마음은 변하지 않았기에
별 일 없을 것이라 생각하지만
이러다 영영 남남이 되는 건 아닌지 해서 말이다.

그렇지만 내겐 무엇보다
중요한 그 문제를 풀지 않고서는
다른 것에 집중할 수 없으니 난감하다.

그래서 나는
그 문제가 풀릴 때까지
당분간 사회적으로는 혼자이기를 택했다.

왜 이런 것 있지 않은가 말이다.
오는 사람 안말리고
가는 사람 안붙잡는다는

그래도 세상은 그런대로
공평하다고 믿기에
나에게도 조만간 그 문제를
해결하는 날이 올 것이라고 믿고 버티고 있다.

친하게 지내는 사람들에게
때로 도움을 요청하게 된다거나
힘들어 하는 모습을 보이면
대부분 한걸음 뒤로 물러섭니다.
그것이 물질적인 것이 아닌 정신적인 것임에도
사람들은 마음의 짐을 나누기를 꺼립니다.
이 사실을 알기에
저는 제가 힘들 때는
사람들에게 연락을 잘 하지 않고 지냅니다.
그런데 그랬더니
아예 소식이 끊겨버리는 사람도 있답니다.
그런데 대부분이 그렇게 되더군요.
그래서 가끔은 이 사실이 걱정될 때가 있습니다.
그러나, 이제 더 이상 걱정하지 않습니다.
사람들에 대한 제 마음은
예나 지금이나
하나도 변한 것이 없기 때문입니다.

9호선

그 무엇도 영원한 것은 없다

그 무엇도 영원한 것은 없다

대학시절 무술을 배우고 싶어
입학하자마자는 회전기술이 핵심인
뫄한뭐루라는 전통무술을 배웠는데
제대 후에는 해동검도를 배웠다.

해동검도도 회전기술을 이용하는 무술 같다.
무술 동작을 회전하면
동서남북 사방에 흩어진 적들과 싸울 수 있기에
혼자서 10명도 대적할 수 있다.

암튼 두 가지 무술 다
오래하지 못했지만
발은 담궈 봤다.

해동검도는 처음에
나무로 만든 목검으로 수련을 하는데
어느 정도 수준이 되면
칼날을 갈지 않은 뭉툭한 진검으로 수련하고
그 다음엔 예리하게 칼날을 갈은

진검으로 수련한다.

내가 뭉툭한 진검으로
수련을 하게 되었을 때쯤
사범님이 하신 말씀이 생각난다.

“진검이 갖고 싶겠지만 진검을 가지고 있으면
사용하고 싶어지니 가급적 진검을 갖지 마라”

완장을 채워주면 죽창을 들고 앞잡이가 된다.
칼자루를 쥐어 주면 칼을 휘두르고 싶어지고,
총을 가지면 쏘고 싶어진다.
그러니
권력을 가지면 어떻겠는가.

내가 보기에는 권력이 권력 같아 보이지도 않지만
어찌되었든 세상에서
그것이 권력으로 통하고 있으니
일단 권력이라고 해 두자.

평소 조용하고 선량했던 사람도
아무리 작더라도 무언가를 가지게 되면

권력을 가진 것처럼 눈빛부터 달라진다.

물론 사람에 따라 다르지만
대체로 그렇고,
나 역시 그런 이상야릇한 경험을 해 본 듯 하다.
어쩌면 유혹같기도 했다.

선량해 보이던 사람들이 칼자루를 쥐자
변하기 시작했다.
휘두르기 시작했다.
그러나,
그 무엇도 영원한 것은 없다.

저는 가지게 되더라도
절대로 휘두르지 않겠다고 맹세합니다.

경비 아저씨

우리 아파트의 한 동에는
네 분의 경비 아저씨가 근무하신다.
이 네 분과 함께 한 8년 여를 정리해 본다.

언젠가 한 번 기록해 보고 싶었는데
갑자기 생각났다.

네 분의 연령대는 모두 정년 퇴직하시고 오신
정도 연령으로 보인다.

첫번째 분이시다.
보통의 키에 인상이 매우 깐깐해 보이신다.
매우 부지런하신데 오직 본인이 활동하는 구역에서만 그렇다.
본인 구역이 아니면 차량도 주민도 무시해 버린다.
심지어 인사도 안받으신다.
더 나아가 본인 구역에 침범(?)하는 주민들에게
딴지거는 것도 서슴치 않는다.
근데 본인 구역 같은게 정말 있는것인지
우리 주민들은 들은바 없으며 알 수 없다.

말씀도 제일 많으시고 방송 마이크도 제일 많이 잡으신다.

자기에게 주어진 영역에 대해서만 열심히 하는 것이
당연해 보이는데 오직 자기 것만 챙기는 분이시라
이 분을 보면 항상 불편하다.

그리고 그 분과 한 조가 되어 근무하는 다른 분이 계시다.
키가 크시고 한 눈에 봐도 사무직을 하시다가
퇴직하신것 같다는 느낌이 들고 매우 젠틀하신 분이다.

친절하려고 노력하시는 것 같은데
동시에 억지로 하시려는 것이 함께 티가 나서 어색하시다.
그런 친절 노력에 비해 자리에 없는 날이 자주 있으시다.

무엇보다도 말씀은 없으신 편인데
아파트 한 쪽에서 늘 근심 있는 표정으로
담배 피우는 모습을 자주 보았기에
이 분을 보면 대체로 불안하다.

다음날 근무하시는 분들이다.
그 중 한 분이다.
키가 작고 조금 뚱뚱하시고 대머리이신데

가발을 쓰시는 것을 2년 전 여름에야 보았다.

매우 열정적이신 분이시고
목소리가 큰 편이면서 말씀도 참 많으시다.
내가 잘못 들은게 아니면 내 귀엔 불평으로 들리는
말씀이 대부분이었다.
그리고 자주 자리를 비우신다.

열정이 넘치셔서 매사에 앞장서기를 좋아하시고
그만큼 일을 하실 때는 지나칠 정도로 열심히 하신다.

그러다 보니 분리수거하는 날에는
주민들이 잘못 버린 쓰레기를 처리하며
혼잣말로 욕을 하시거나 주민들과 다양한 사안으로
다툼이 있으실 때가 자주 목격된다.

한 번은 주차되어 있는 내 차를 나와 연락도 없이
본인 맘대로 처리한 일도 있었다.
이 분을 보면 불편할 때도 있고
불안할 때도 있고 그렇다.

마지막 한 분이다.

키가 크신데 외모도 그렇고 일하시는 모습도
그냥 보기에는 제일 엉성해 보이신다.

경비모자를 삐딱하게 쓰시는 것을 즐기시는 것 같고,
가끔 주민들의 택배를 발로 밀어서 정리하기도 하는데
얼핏 보면 경비실에만 앉아 계시는 것 같다.

거의 정지화면처럼 계시기에
언제 찾아가도 꼭 있으실 것 같은 착각이 들 정도이다.

그런데 가만 보면 여기저기서
할 일들을 하고 계시는 것을 목격할 수 있다.
언제 하셨는지 다 해놓고 앉아 계신 것이다.

위의 세 분에 비해
말 수가 제일 적으시고 제일 어리숙해 보이신다.
근데 나는 이 분이 가장 마음이 편하다.

모두 저희 아파트를 관리해 주시는 분들이라
고마우신 분들임에 틀림 없습니다.

그런데 이 네 분을 두고서도 제가 느끼고 받아들이는
차이가 이렇게 확연히 다르니
저는 이 사회 속에서 어떤 사람으로 인식될까 생각해봅니다.

이 네 분 중에 저는 마지막 분처럼 보이고 싶습니다.
그런데 사회를 살아가다보면
다른 세 분들처럼 되어버릴 때가 자주 있는 것 같습니다.

사람들은 그 때, 사회가 날 그렇게 만들었다거나 살다보니
그렇게 되더라 혹은 사회를 살아가려면
그렇게 할 수 밖에 없다고 서로 위로하기도 하는데,
저 역시 그렇게 넘어가버리기도 하는데..
이렇게 글을 쓰고보니
그건 좀 아닌 것 같다는 생각이 듭니다.

설거지

어제라기 보다는
오늘 새벽 3시쯤 잠들었는데
다시 6시에 눈을 떴다.

아내와 아이는 자고 있다.
아이가 상급학교에 들어가고
코로나로 인해 집에서 있다보니
아이도 아내도 힘이 드나보다.

'응?
설거지할 게 쌓여 있네.
식사를 하면 바로
설거지를 하는 아내가
많이 힘들었나보구나'

설거지를 하자!
말이 필요 없다
그냥 바로 하면 된다.

아차차..

쉿! 조심!

아내와 아이가 깨지 않게

소리가 나지 않게

물소리도 내지 말 것!

수 백 마디 말보다 한 번 행동하는 게
정답인 것 같습니다.
말을 옮긴 글보다는 행동을 옮긴 글을!

나뭇잎을 부탁해요

10년이 넘는 출근길 아침을
단번에 일으켜 세운 적 없지만

아이의 작은 부탁 하나로도 새벽은
너무 쉽게 시작될 수 있었다.

이슬에 젖은 나뭇잎을 하나 둘,
그 모습 그대로 떨어진 낙엽과
예쁘게 물든 낙엽을 찾아
동네 한바퀴 두바퀴

나무에 매달려 있는 동안
온갖 상처 입었어도 아무 일 없었던 것처럼
떨어져야

누군가에게 추억이 되고
기억이 될 수 있겠구나.
알록달록 곱게 물든
나뭇잎을 곤하게 잠든

아이 머리 맡에 두고

시간아
잠시
멈추어다오.

우리 아이들은 사랑입니다.
아가였을 때나 지금이나 앞으로도
그저 사랑스러울 뿐입니다.

토끼풀

집 앞 버스정거장에서 버스를 기다리다가
검찰청 담벼락 아래
토끼풀을 보았습니다.

검찰청 담벼락이 너무 높아서일까
땅바닥에 달라붙은듯
낮게 깔린 토끼풀 속에서
저는 참 당연하다는 듯
네잎 크로버를 찾기 시작했습니다.

버스가 올 때까지
네잎 크로버는 찾지 못했고
저는 어딘가 있을것만 같은
네잎 크로버에 대한 아쉬움을 버리지 못해
사진에 담아와서
계속 찾아 보고 있습니다.

이렇게라도 네잎 크로버를 찾아보고 싶음은
검찰청 담벼락 밑의 토끼풀 속에서도

우리에게 행운을 가져다 줄
그 어떤 희망을 보고 싶음입니다.

어느 쪽이 옳은지 알 수 없습니다.
우리가 바라는 것은 정의가 바로 서고
평등한 나라,
무엇보다도..
노력하면 꿈이 이루어지는,
살고 싶은 나라,
희망이 있는 나라입니다.

매일매일, 어쩌면
있지도 않은 행운을 찾아
토끼풀 속을 뒤져야 하는 고달픈 삶이 아닙니다.

레미제라블

상명아트센터에서
고등학생들이 펼치는
레미제라블 뮤지컬의 몇 장면을 봤다.

그리고 집에 오자마자
레미제라블 책을 찾아 새벽녘까지
다 읽었다.

너무 흥미진진했기에
잠시도 책에서 눈을 뗄 수 없었다.

오랜만에 느껴보는 희열이다.
그리고 대학시절이 떠올랐다.

내가 대학생활을 시작할 무렵은
대학생들의 데모 운동이
끝나갈 무렵이었다.
난 선배들과 함께 사회주의 서적을 공부하고
민중가요를 즐겨 부르면서

틈틈이 집회에 참여했다.

그러던 어느날
선배들과 시내로 가두 집회를 나가게 되었는데
교문 앞에 다다르자
난 시골에 계신 부모님이 생각났다.

아들이 도서관에서 공부하는줄로만 아실텐데..
난 망설이지 않고
그 자리에서 선배에게 못 가겠다고 하고
집에 와버렸다.

그리고 다짐했다
내가 언젠가 힘이 생기게 되면
힘없고 약한 자들의 편에 서겠다고..

그 때문이었을까..
지금 나는 그다지 힘이 생긴 건 아니지만
힘없고 약한 자들을 위한 일을 오랫동안 하고 있다.

힘이 없으면서 약자를 돕는 건
쉬운 일이 아닌것 같습니다.
그렇다고 아무도 하지 않으면 안됩니다.

건강검진

오늘은 건강검진하는 날,
남자는 파란색
여자는 핑크색
색깔은 다르지만 똑같은 옷을 입고
대기실 의자에 앉아 검진 순서를 기다린다.

마음이 편안해진다
모두 똑같은 옷을 입어서인지
모두 똑같은 사람 같고
모두 똑같이 살고 있는 것 같아
긴장이 풀린다.

초등 운동회날
청군백군 옷을 똑같이 나눠 입었을 때도..
군대 가서
군복을 똑같이 입었을 때도..
대학 때 축구팀을 만들어
유니폼을 똑같이 입었을 때도..

세상은 하나로 보였고
머릿 속은 심플해서 좋았다.

지금 이 순간도
그렇다.

절에 계신 스님도
성당에 계신 수녀님도
그래서 유니폼을 입고
계신게 아닐까요?
심플!
그것을 다시 생각합니다.

마지막의 중요성

하버드대 교수 강의를 들을 기회가 있어서
칼퇴근해서 강의를 들으러 갔던 일이 있었다.

세계적 뇌 연구 권위자 특별초청 강연으로
하버드대 의대 임상정신과 교수
존 레이티 박사의 강의였다.

약 100분간 진행된 강의의 핵심내용은
운동과 뇌의 놀라운 메카니즘으로,
운동을 통해 뇌세포를 활성화시키고
뇌를 깨우라는 것이었다.
뭐 아주 흔한 내용이었다.

태초에 인간은 운동을 통해 진화했고
지금은 과학의 발달..
특히 스마트폰 때문에
움직이지 않는 생활,
혼자만의 생활에 주력하므로써
다시 퇴화하고 있다는..

그러니 운동을 해서 뇌를 발달시키면
삶의 놀라운 경험을 하게 된다는..

그런데 강의의 마지막 부분은
수면의 중요성을 이야기하면서
세계적인 스포츠 선수들의 수면 시간이
10시간에서 12시간인 경우도
있다는 것으로 끝이 났다.

집에 돌아와 강의를 정리해 보니
운동과 뇌의 중요성 보다
수면의 중요성이 더욱 크게 부각되었다.

이런..
정말 세계적 권위자 하버드대 의대 교수 맞아?

며칠 후면 제가 아끼고 믿었던 직원이
퇴사를 합니다.
많이 말렸지만 그러면 그럴수록 더욱 강한 어조로
그만두겠다고 했습니다.
상냥하고 밝았던 모습은 온데간데 없고
얼음장처럼 싸늘해졌습니다.
안타깝습니다.
어쩌면 처음보다 마지막이 더 중요한데 말입니다.

무소유

벼랑 끝에 매달린
사람처럼 놓으면
안된다고 꼭 쥐고
있었던 것들을
놓아버립니다.

아니 정확히 말해
놓고싶지 않았던 것을
어쩔 수 없이
내려 놓아야했던
상황입니다.

주사바늘이 살갗을
뚫고 들어 가기 전
약간의 두려움
같은 것들이

주사를 맞고 나서
후련해지듯이 그렇게

마음이 가벼워집니다.

더 이상 꼭 쥐고 있는 것이
없으니 지켜야 할
것도 없고
빼앗으려는 자도
없습니다.

비로소 깨닫습니다
무소유의 가르침을

마음을 비우는 것은 언제나 어렵지만
언제나 홀가분합니다.

눈 오는 날

눈이 내리는 날
너도 올 것 같아
너 몰래
네가 오던 길
마중을 나간다.

기다려도
기다려도
너는 오지 않고
너를 마중 나왔던
하얀 눈 위의
내 발자국 따라
돌아오는데

내 발자국 끝에
서 있는 너를 보았다.

진정한 사랑은
상대방을 생각하는
마음에서 시작됩니다.

≪2018 서울 지하철 승강장 안전문 시민창작시 공모전 선정작≫

1호선 서울역 인천방향 5-3

2호선 신답역 성수방향 2-1(좌)

4호선 삼각지역 남태령방향 6-2

5호선 개롱역 방화방향 4-1

8호선 천호역 모란방향 2-3

'지하철에서 썼습니다' 출구

새로운 문학장르 '시필(詩筆)'을 시작하자

나는 누구나 쉬운 글쓰기를 위해
'시필(詩筆)'을 도입하기로 했다.

나는 법원 판결문 같은
읽어도 읽어도 끝이 나지 않는 문장은 못마땅하고,
전문서적이 아닌데도
읽어도 읽어도 무슨 말인지 모르겠는
박학다식스러운 글도 부담스럽다.
나는 그런 글은 읽고 싶지 않고
그런 글은 쓰고 싶지도 않다.

그러나 글은 사무치게 쓰고 싶다.
그래서 마음의 여유만 생기면 글을 쓴다.

그런데 나는 글을 쓸 때
짧은 문장을 좋아하고
내가 읽기 편해야 하기 때문에
문장 중간중간을 적당히 끊어서 다음 줄로 넘긴다.
가끔 빈 줄도 넣어서
힘들면 쉬어갈 수 있도록 한다.

그랬더니 내 글을 본 사람들이
나더러 시인이라고 했다.
시인은 아닌데..
시를 쓴 것도 아닌데..

그러면서 시인이라는 말이 부끄럽지 않기 위해
애쓰며 글을 계속 썼다.
그리고 지하철로 출퇴근하면서
8년여 동안 써 온 글을 블로그에 공개하고 있다.

글을 분류하려니 시와 수필로 밖에는 분류가 안되어
그렇게 분류하면서도 뭔가 개운치 않았다.

그런데 블로그 이웃님이 내가 쓴 글,
즉 수필이라고 분류해 놓은 글에 이렇게 댓글을 달아주셨다.
시를 쓴 줄 알았다고..
그래서 나도 내 글이 어느 쪽에 속하는지 헤깔려서
시와 수필의 중간쯤인 새로운 문학장르
그러다보니 '시필(詩筆)'을 개척해보고 싶은 생각이 들었다.
그래서 바로 행동에 나섰다.

나는 세종대왕이 그러하셨듯
누구나 쉽게 쓸 수 있는 문학,
누구나 쉽게 읽고 알기 쉬운 문학인 새로운 문학장르
'시필'을 주장하고 널리 알려서
'시필'을 정착시키고 싶다.

시필은 시도 아니고 수필도 아니다.
시필은 때로 시가 되기도 하고 수필이 되기도 한다.
시필은 쓰는 사람 마음대로고
시필은 읽는 사람 마음대로다.
이것이 시필(詩筆)이다
영문은 seefeel이 어떨까

시필을 쓰는 방법은 간단하다.
쓰고 싶은 글을 맘 편하게 쓴다.
그리고 읽기 편하게
한 문장을 적당히 나눠 다음 줄로 넘기고
중간중간 빈 줄을 넣어
숨쉬기 편하게
눈동자가 피로하지 않게 해주면 된다.

자! 이제 많은 사람들에게 알리자!

할아버지도 할머니도
아이도 어른도
대통령도 노숙자도
장소불문 이유불문 직업불문 글쓰기다.
쓰면 문학이 된다.

바로 '시필(詩筆)'이다.

지금까지 제가 쓴 시와 수필도 '시필'로 통합합니다.
'시필'에 대해 여러 가지 의견이 있을 수 있겠습니다.
어떻든 저의 생각은 다음과 같습니다.

"그래도 계속 가라!"

쉬운 글쓰기,
시필(詩筆)을 함께 써 보면 어떨까요?

네이버 밴드【나도 지하철에서 썼습니다】

(band.us/@subwayletter) 에

누구나 마음 가는 대로

글을 쓸 수 있는 글쓰기 공간을 마련하였습니다.

많은 분들이 쉬운 글쓰기를 통해

자기 자신은 물론 다른 사람들에게도

희망과 위로가 되기를 바랍니다.

많은 사람들의 공감을 받는 좋은 글들은 모아서

함께 참여하는 에세이집

〈나도 지하철에서 썼습니다〉를

출간하고 싶습니다.

감사합니다.

지은이 **이 현 규**

조선 정감록에 나오는 십승지지(十勝之地)* 중에 하나로 꼽히는 산골 마을, 무주 무풍에서 태어났다. 중학교 2학년을 마치고 고향을 떠나 대전에서 학교를 다녔다. 경희대학교 법학과를 졸업하였고, 학점은행제로 사회복지학 학사와 지식재산학 학사도 취득하였다.

군 만기 전역 후 한국원자력연구원 기술정보실에서 계약직으로 근무한 바 있으며, 대학 졸업 후 한국보건의료인국가시험원 시험관리국을 시작으로 저축은행중앙회 법무팀, 신용회복위원회 경영기획팀, 휴면예금관리재단 기획총괄팀, 한국지식재산연구원 행정실 등 공공기관과 서민금융기관에서 근무하였다. 현재는 정부기관에서 설립한 공익재단에서 어렵고 힘든 이웃을 돕는 일을 하고 있다.

누구나 쉬운 글쓰기를 통한 영적 성장과 마음 치유에 관심을 가지고 시필(詩筆) 문학을 주창하고, <지하철에서 썼습니다> SNS**를 통해 8년여 동안 써 온 글들을 소개하면서 9년째 글(시필)을 쓰며 세상과 소통하고 있다.

또한 누구나 쉬운 글쓰기 플랫폼***을 운영하면서 후속작으로 많은 사람들이 함께 참여하는 에세이집 <나도 지하철에서 썼습니다>를 출간하여 삶에 지친 사람들에게 계속해서 희망과 위로를 건네고자 한다.

* 십승지지(十勝之地) : 1. 나라 안에서 경치가 좋기로 유명한 열 곳. 2. (민속) 풍수지리에서, 전쟁이나 천재(天災)가 일어나도 안심하고 살 수 있다는 열 군데의 땅. <표준국어대사전에서 인용>

** 블로그 blog.naver.com/3791kh (지하철에서 썼습니다_시필(詩筆) 문학 규생각)
밴드 band.us/@subwaysay (지하철에서 썼습니다)
인스타그램 instagram.com/subwaysay (지하철에서 썼습니다)

*** 밴드 band.us/@subwayletter (나도 지하철에서 썼습니다)

지하철에서 썼습니다

초판 발행 2022년 1월 1일

지은이 이현규
펴낸이 정유진
편 집 구웅희
디자인 hartbak design
펴낸곳 노북(no book)
주 소 서울특별시 서초구 강남대로3길 8 11층
전 화 031-8025-9200 팩 스 050-4211-8560
https://blog.naver.com/nobookorea
이메일 nobookorea@gmail.com
출판등록 2018년 7월 27일 제2018-000072호
인 쇄 새한